뒷모습에 반하다

뒷모습에 반하다

지은이 | 박미정

발행 | 2019년 11월 25일

펴낸이 | 신중현
펴낸곳 | 도서출판 학이사
출판등록 | 제25100-2005-28호

대구광역시 달서구 문화회관11안길 22-1(장동)
전화_(053) 554-3431, 3432 팩시밀리_(053) 554-3433
홈페이지_http://www.학이사.kr
이메일_hes3431@naver.com

ISBN_979-11-5854-203-0 03810

이 도서의 국립중앙도서관 출판예정도서목록(CIP)은 e-CIP 홈페이지(http://seoji.nl.go.kr)와 (http://www.nl.go.kr/kolisnet)에서 이용하실 수 있습니다.(CIP제어번호: CIP2019046803)

學而思 | 학이사

책을 내며

다시 수필 몇 편을 엮는다. 『억새는 홀로 울지 않는다』에 이어 3년만이다. 스승은 나의 글쓰기 습관을 "설사하듯이 쓴다."고 하신다. 아마 '고민'이 부족하다는 지적일 터이다. 그러나 그 또한 나의 성정인 걸 어쩌겠는가.

그동안 내 삶에서 수필을 한시도 떼어놓지 않았다. 그냥 운명처럼 몸에 붙이고 살았다. 그 결과물을 서정과 서사, 사회참여와 기행 수필로 분류해 엮었다.

퇴고를 거듭하면서 주저앉고 싶은 절망에 사로잡힐 때도 많았다. 첫 작품집보다 글이 좋아야 한다는 강박감 때문이었다. 넓게 봄과 깊게 파고듦은 나에게 영원한 숙제이다. 사고의 근육을 키우려 나름 노력했지만 글과 접목되지 못함이 못내 아쉽고 부끄럽다. 이를 두고 누군가는 "북극성을 바라보며 늘 그 방향으로 걸음을 옮기는 사람은 북극성 가까이에서 행복한 죽음을 맞이할 가능성이 크다."고 위로했다. 그 말을 믿고 싶다.

이 책에서는 짧은 수필도 몇 편 수록했다. 첫 작품집을 낸 이후 개인적으로 짧은 글의 매력에 빠져 든 결과이다. 내가 어린 시절에 어머니는 바느질을 손에서 놓지 않으셨다. 가끔씩은 어린 내 옷도 만드셨는데, 작은 옷이 바느질하기가 더 까다롭다고 말씀하셨다. 옷이 작다고 단추를 달지 않을 수도 없었으리라. 나도 이제 그 작은 옷에 예쁜 리본도 달며 서툰 걸음마를 시작하려고 한다. 책 출판에 많은 분이 용기를 주셨다. 제자에게 수필 쓰기의 '설사론' 을 펼치며 지도해주신 소진 박기옥 선생님과 늘 같이 고민하고 격려해주던 '에세이 아카데미' 의 문우들의 힘이 컸다. 손닿는 곳에 글이나 삶에서 한 수 위의 사람들이 있다는 건 내게 큰 행운이다. 또한 이 책에 자의 반 타의 반으로 등장하는 나의 모든 이웃들과, 사랑하는 남편, 그리고 자랑스러운 아들에게도 무한한 신뢰를 보낸다.

2019. 겨울에 박미정

차례

1부 _ 처음

2부 _ 장마

3부 _ 도서관 풍경

4부 _ 나도 양귀비

길을 가다보면 뒷모습이 유난히 아름다운 사람이 있다.
멋진 모습만큼이나 잘 살아 온 사람일 게다. 등이 쓸쓸해
보이는 사람은 마음도 외롭다고 했던가. 타인에게 비친
나는 어떤 모습일까. 반할 만큼 멋진 모습은 아닐지라도
기댈 수 있는 푸근한 모습이었으면 좋겠다.

1부
처음

처음

"새 신을 신고 뛰어보자 팔짝" 이란 동요 노랫말이 있다. 새 신을 신은 소녀가 하늘로 날아갈 듯 뛰어오르는 모습이 눈에 선하다. 하지만 나는 새 신이 그리 반갑지만은 않다. 툭하면 발뒤꿈치를 갉아먹기 때문이다.

외출에서 돌아와 신발을 벗으니 발에 물집이 생겼다. 신발장 앞에 버려진 낡은 신발을 생각해 본다. 그것 역시 처음부터 편하지는 않았다. 신발이라고 낯가림이 없을까. 처음 맺은 발과 적응 기간이 필요할 것이다. 새 신을 신고 머리가 하늘까지 닿을, 가슴 뛰는 그날을 위해 쓰린 상처에 밴드를 붙인다.

매화

이른 봄이다. 수목원을 찾으니 앙상하던 가로수에 연둣빛 새순이 살랑거린다. 장독이 있는 풍경의 흐드러진 매화가 보고 싶다.

가까이 매화나무가 보인다. 하지만 꽃향기를 맡기에는 아직 이르다. 하우스를 찾는다. 입구에 들어서니 화사한 부겐베리아가 나를 반긴다. 향이 천 리를 간다는 천리향도 꽃송이가 탐스럽다. 밥주걱을 닮은 키 큰 선인장은 사시사철 하우스를 장악한다. 작년에 보았던 매화가 피었으려나, 분재실로 발걸음을 옮긴다.

기대는 자주 빗나간다. 그곳에도 매화는 피지 않았다. 먼저 온 여인이 있다. 긴 머리에 옷차림은 수수하다. 매화를 찾는지 서성인다. 다가가서 말을 붙인다.

"혹시 매화 보러 오셨나요?"

고개를 끄덕인다. 쌍꺼풀진 눈이 아름답다. 아버지의 첫 기일을 치르고 나니 생전에 무척 좋아하셨던 매화가 보고 싶어졌다고 한다. 봄을 코앞에 두고 떠나기가 아쉬웠던가. 예쁜 딸을 옆에 두고 피지도 않은 매화는 왜 찾았을까. 그녀가 매화 등걸을 어루만진다.

"매화가 아직 이르네요. 다음에 한 번 더 와야겠어요."

발길을 옮기는 여인의 뒷모습이 쓸쓸하다. 그녀에게 매화는 아버지에 대한 그리움이었으리라.

그녀가 수목원을 내려간다. 성급하게 매화를 보려다가 돌아선 두 여자의 눈이 마주쳤다. 나는 엉겁결에 팔을 들어 인사를 한다. 그녀가 탄 자동차가 움직이는 것을 보고 나도 차에 오른다. 수목원을 벗어나 삼거리에서 그녀가 우회전 신호를 보낸다. 잔잔한 인향이 봄볕에 녹아든다.

산책로의 아침

집 가까운 곳에 공원이 있다. 멀리 가지 않아도 숲길을 산책할 수 있음은 축복이다. 인적이 드문 둘레길을 걷는다. 일출이 시작되는 새벽의 산책로에 스치는 바람이 상쾌하다. 못 속에 아침 해가 잠기면 물결도 잠에서 깨어난다.

운동하는 사람들의 모습도 다양하다. 음악에 맞춰 팔을 흔들며 걷는 사람, 지르박을 추듯이 앞으로 갔다가 뒷걸음질하는 사람, 다리가 불편하여 지팡이에 의지하여 걷는 사람도 있다.

걸음걸이에서도 사람의 성격이 나타난다. 불 끄러 가는 사람마냥 뛰다시피 하는 사람, 일행들과 함께 왔지만 뒤처져 세월아 가거라며 걷는 사람도 있다. 나 역시 후자에 속하지만 잘못된 것이라곤 생각하지 않는다. 잠시나마 숨을 고르며 사색을 즐길 시간도 필요하지 않던가.

산책로를 몇 바퀴 돌고 나니 이마에 땀방울이 맺힌다. 벤치에 앉는다. 햇살도 나뭇가지를 헤집고 내 옆에 내려앉는다. 새들이 하늘 위로 경쟁하듯 날아간다. 먹이 사냥이라도 나가는 것일까. 길 가던 여자가 내 옆에 앉는다. 그녀는 먼 산을 보더니 미세먼지가 최악이라며 걱정을 한다. 공원의 규칙을 지키지 않는 사람들에게도 불만이더니 애견을 데리고 산책하는 사람들이 개똥을 치우지 않는다며 욕설도 서슴지 않는다.

급기야는 운동하는 사람들이 힐끔거린다. 아마도 사람들은 아침부터 두 여자가 말다툼이라도 하는 줄 알리라. 공원이 지저분해지고 품격이 떨어지는 게 비단 쓰레기를 함부로 버리고, 대책 없이 아무 곳에서나 싸대는 분뇨뿐이겠는가. 공공장소에서 필요 이상의 고성도 공해이긴 마찬가지다.

더러운 개똥이야 주워 담을 수 있지만, 한 번 뱉은 욕설은 주워 담을 수가 없다. 그녀는 자기 말에 내가 맞장구를 치지 않자 무안했던지 자리를 뜬다.

어머니의 새벽

병실 창 너머로 먼동이 튼다. 환자들의 신음도 하루를 시작하는 소음 속으로 묻힌다.

어머니는 구급차에 실려 오셨다. 검사 결과 담낭이 터져 위험하다고 했다. 사흘이 고비였다. 고열 때문에 어머니는 당신이 어디에 사는 누구인지도 모른다. 연거푸 팔을 휘저으며 하늘에 파리가 날아다닌다고 하신다. 눈동자에도 초점이 없다. 공황발작으로 며느리도 몰라 보고, 파리채를 달라며 헛손질에 바쁘다. 호흡도 파도처럼 출렁이다가 이내 잔잔한 호수가 된다. 가족들은 조바심으로 숨을 죽인다. 잠시 정신이 돌아왔나 싶으면 나더러 나비를 잡아줄까, 파리를 잡아줄까, 하신다. 나는 얼른 '나비요!' 하며 허공을 젓는 어머니의 손을 꼭 잡는다.

회진하던 의사가 하마터면 큰일날 뻔했다며 고비는 넘긴 것 같다고 한다. 어머니가 침상에서 뒤척인다. 침대 시트가 흥건하다. 전날 드신 변비약 탓일까. 기저귀 갈기가 쉽지 않다. 발진으로 발갛게 부은 그곳에 연고를 바르고 나니 벌써 밖이 훤하다. 어머니는 살면서 얼굴에도 분칠을 하지 않았는데 그곳에다 분까지 치다니, 세상 오래 살다가 볼 일이라고 하신다. 아마도 짓무른 피부에 닿은 파우더의 촉감이 좋으셨나 보다. 가슴이 울컥한다.

아버님이 일찍 돌아가신 후 5남매 키우기에도 벅찼을 터이다. 여느 집 여인네들처럼 얼굴에 분칠하고 나들인들 제대로 하셨을까. 갑자기 눈시울이 뜨거워진다. 어머니와 갑갑한 병실을 벗어난다. 오늘은 유난히 기분이 좋으시고 정신도 말짱하시다. 휠체어를 조심스럽게 민다. 병상에 오래 누워 계신 탓인지 고개를 똑바로 가누지 못하신다.

병실에 돌아오니 형님이 뒤따라 들어오신다. 잠시 집으로 들어온다. 파김치가 되어 눕자마자 잠이 든다. 꿈속에서 어머니가 감을 따고 계신다. 대청마루에서 나더러 많이 먹으라며 하얗게 웃으신다. 파리가 날다가 감에 앉았다. 어머니는 파리채로 사정없이 후려친다. 파리가 홍시 속에서 발버둥친다.

머리맡에 둔 휴대폰이 울려 잠에서 깬다. 형님의 간병 교대 전화다. '이놈' 하며 파리채를 힘차게 내리치는 어머니를 만나러 걸음을 재촉한다. 새벽이 밝아온다.

샌들과 초콜릿

은행나무가 아름다운 아파트, 그곳에 사는 친구를 만나러 가는 길이 설렌다.

아파트 정문을 들어서니 작은 나무 위에 낙엽이 크리스마스트리같이 쌓여있다. 자전거 보관대에도 소복하다. 은행나무 길이 햇살을 받아 노란 카펫을 깔아놓은 듯하다. 그 누가 지는 낙엽을 쓸다가 지쳐버렸나. 나무 옆에 키 큰 포대가 은행잎을 한가득 안고 있다.

내팽개쳐 진 싸리비 옆에 분홍빛 물체 하나가 시야에 들어온다. 다가가 보니 조그만 분홍 샌들이다. 때 묻지도 않은 새 신이다. 엄마 등에 업힌 아기가 단잠이라도 들어 신발을 놓쳤나. 손녀를 태우고 유모차 미는 할머니의 모습도 그림으로 다가온다. 낙엽 속에 배시시 얼굴을 내민 짝 잃은 샌들을 줍는다. 사람의 왕래가 잦은 나뭇가지에 올려놓고 가던 길을 재촉한다.

볼일을 마치고 돌아오다가 문득 샌들의 상태가 궁금해졌다. 그곳을 찾으니 샌들은 간데없고 초콜릿 하나가 나무 위에 앉아 있다. 한쪽 샌들이 주인을 찾은 모양이다.

장독

지인의 집들이에 초대를 받았다. 그녀는 남편의 사업이 곤두박질쳐서 시어머니가 사는 시골집을 팔고, 자신의 주택도 정리하여 어른과 함께 살 아파트를 구입했다.

현관문에 들어선다. 어른께 인사를 드리려고 찾았더니 잠시 외출했다고 한다. 식탁에 둘러앉는다. 맛깔스런 음식이 푸짐하다. 식사를 마치고 집 구경에 분주하다. 어르신의 방문을 여는 순간 적잖이 놀란다. 깔끔한 인테리어에 어울리지 않게 방 안 가득 옛 노송가구들이 빼곡하다. 새 것을 사드린다고 해도 극구 싫다고 하셨단다.

그녀가 차를 마시며 속내를 털어 놓는다. 될 수 있으면 전세라도 얻어서 어머니 신세를 지지 않으려고 했다고, 하지만 집을 구하러 다녀보니 전세는 구하기가 힘들고, 월세는 너무 비싸서 엄두가 나지 않았다고 한다.

이사하던 날, 일은 장독 때문에 벌어졌다. 며느리는 꼭 필요한 물건만 챙겨가자고 했고, 어머니는 장독을 버리려면 나 죽고 난 후에 버리라고 했다. 물건을 수용할 공간이 좁다고 양해도 구해 보았지만 막무가내였다. 방 안의 가재도구는 그렇다손 치더라도 아파트 생활에 필요치 않는 장독까지 가지고 가겠다고 하시니 말다툼을 할 수밖에 없었다. 장독을 차에 실으라는 어머니와 반대하는 며느리의 줄다리기가 팽팽하여 이삿짐센터 직원도 곤란한 입장에 처했다. 결국은 서로가 조금씩 양보하여 자리를 크게 차지하지 않는 단지 몇 개만 가지고 가기로 했다. 그날 이후로 어머니와 사이가 별로 좋지 않다고 한다. 오늘도 손님이 온다고 하니 바람 쐬러 가신다며 횡하니 나가셨다고 한다.

베란다로 가 본다. 한쪽에 덩그러니 앉아 있는 손때 묻은 장독들이 햇살에 반질거린다. 김치냉장고가 생긴 후로 단지는 도시 사람들에게 천덕꾸러기가 된 듯하다. 시골에 계시는 어머님도 단지를 껴안고 사신다. 시집올 때부터 동고

동락한 단지는 어머니에게 단순히 단지라는 개념을 넘어선 듯했다. 매운 시집살이에 눈물을 훔칠 때면 분풀이라도 하듯 설거지한 뒷물을 단지에 확 끼얹었다. 기분 좋은 날이면 엉덩이를 들썩이며 정성껏 광을 내던 단지가 아니던가. 애지중지했을 단지를 버리고 오기란 쉽지 않았을 터이다. 살아온 세월을 버리는 것 같아 허전했을 것이다.

시골집 한쪽에 장독이 정겨운 것은 어머니의 세월이 고스란히 묻어 있기 때문이다. 빈 장독까지도 날마다 행주질하는 시골집 어머님이 눈앞에 선하다.

바람 쐬러 가신 어르신은 아직도 오지 않는다.

"단지가 옹기종기 예쁘네."

베란다를 기웃거리다 그녀를 보며 너스레를 떤다. 우리들을 배웅하며 그녀는 전화를 한다.

"어머님, 친구분과 점심 드시러 오세요."

원래 장은 장독에서 오래 묵은 된장 맛이 제일이 아니던가.

공범

지인의 난타 공연 초대를 받았다. 나는 함께 가는 일행들의 부탁으로 꽃다발을 준비하기로 했다. 아침이라 그런지 가는 곳마다 문이 닫혔다. 철석같이 꽃다발을 마련하겠다고 약속해 놓고 지키지 못하게 되었으니 난감한 일이 아닐 수 없다.

행사장으로 가는 길목에서 일행을 만났다. 터덜터덜 빈손으로 다가서는 나에게 꽃다발은 어떻게 되었느냐고 묻는다. 자초지종을 얘기하니 그녀 역시 공연장에 그냥 가기가 민망한가 보았다. 우리는 행여나 문 열린 가게라도 있을라나 싶어 연신 주위를 살피며 걸어간다. 목적지는 가까워 오는데 끝내 꽃집은 보이지 않는다.

공연장을 몇 미터 앞에 두고 두 사람의 눈동자가 동시에 빛난다. 누가 먼저랄 것도 없이 어느 문 닫힌 가게에 세워둔 화분에 눈길이 쏠린다. 화분에는 귀여운 꽃송이가 앙증맞게 탐스럽다. 꿩 대신 닭이다. 벌써 꽃무리를 휘어잡는다. 옆에 있던 그녀는 마치 꽃 주인이라도 되는 양 이것이 좋을까, 저것이 좋을까, 여유까지 부린다. 어디 그것뿐이랴. 천연덕스럽게 꽃만 있으면 심심하니 옆에 있는 난초 잎도 함께 넣어 다발을 만들자고 한다. 나는 잘 훈련된 조교처럼 난초 잎을 몇 가닥 뜯어 줄행랑을 친다. 골목 으슥한 곳으로 들어간 우리는 안도의 숨을 고른다. 가슴속에 알 수 없는 쾌감이 꿈틀거린다. 어쩌면 우리 마음속에 선과 악의 두 모습이 존재하고 있는지도 모른다.

공연시간이 임박했다. 늦을세라 걸음을 재촉하는데 그녀가 갑자기 저기 장미도 있다며 그곳으로 뛰어간다. 벌써 그녀의 손에는 보기에도 탐스러운 빨간 열매가 주렁주렁 달려있다. 장미도 한 송이 있었으면 하는 그녀의 간절함이 그것을 장미로 보이게 했을 터이다. 꽃이 아니면 어떠랴. 밋밋한 다발 속에 들어간 붉은 열매가 꽃송이와 어우러져 환상을 이룬다.

공연이 시작된다. ‘둥둥둥 둥둥둥’ 빠른 템포의 ‘아리랑’ 난타공연이 리듬을 타며 흥을 돋운다. 손에 든 꽃다발도 덩달아 춤을 춘다. 공연을 끝낸 지인에게 꽃다발을 바친다. ‘스스로 만든’ 꽃다발임을 고백하니 지인은 엄지를 척하며 환하게 웃는다.

“작품이 멋지네. 이담에는 다른 것도 도전해 보시지.”

아! 우리는 완벽한 공범이다.

파옥초破屋草

시골로 가는 차창 밖에는 봄이 완연하다. 밭두렁 사이에서 나물 캐는 아낙들이 정겹다. 시댁에 다다르니 대문이 열려 있다. 아마 어머님은 집 근처에 계신 모양이다. 문이 완전히 닫혀 있으면 멀리 가신 것이고, 활짝 열려 있으면 집에 계신 것이다. 완전히 닫지도 열지도 않았으니 잠깐 나가신 것 같다.

어머님은 며느리가 간다고 하면 경로당에도 안 가시고, 집안 청소하기에 여념이 없다. 우리가 손님도 아닌데 쓸고 닦고 쉴 틈이 없다. 예고 없이 찾아뵈어야 낮잠 주무시는 것도 볼 수 있다. 지금쯤 경로당에서 시간 가는 줄 모르고 수다를 떨고 계시리라.

햇살이 걸터앉은 대청마루에 가방을 던져 놓고 집안 곳곳을 청소한다. 장독대는 먼지가 자욱하다. 물 한 바가지를 퍼붓고 행주로 쓱쓱 문지른다. 먼지를 씻어낸 단지들이 봄볕에 반질거린다. 청소가 끝나자 남편은 그제야 어머님께 전화를 한다. 뒤란에 있는 어머님의 텃밭이 궁금하여 돌아가니 파란 부추가 싱싱하다. 어머님이 오시기 전에 부추전이나 부쳐 볼까나.

겨울을 이겨낸 부추는 몸에 두루 좋은 약초이다. 지방에 따라 '졸', '솔' 또는 '정구지' 라고도 한다. 한방에서는 남자의 정기를 북돋우는 풀이라 하여 '기생초' 라고도 한다. 민간에서는 이것을 '파옥초' 라고도 하는데, 이와 관련된 재미난 이야기가 있다.

어느 농부가 밭일을 하고, 저녁에 이웃의 생일잔치에 갔다. 그 집에서는 다른 때보다 몇 가지 음식을 더 장만하여 술을 대접했다. 음식을 맛있게 먹은 농부는 집으로 돌아와 아내와 잠자리를 같이 했는데, 그날 밤 아내는 크게 만족했다. 아침이 되자 아내는 게슴츠레 실눈을 뜨고 남편에게 잔칫집에서 무슨 음식을 먹었는지 물었다. 남편은 부추무침과 부침개가 특히 맛이 있어서 많이 먹었다고 했다. 이튿날, 농부가 다른 날보다 늦게 잠에서 깨어 나와 보니, 이게 무슨 일인가? 아내가 아래채를 헐고 있었다. 깜짝 놀라 왜 아래채를 허느냐고 물으니 아내의 말이 가관이었다.

"부추가 남자에게 그렇게 좋은 채소인 줄은 미처 몰랐어요. 아래채를 헐고 그 자리에 부추를 심으려고요."

이 이야기에서 부추가 양기를 돋운다는 설이 생겼다. 그래서 집을 헐고 짓는 채소라는 의미로 '파옥초破屋草'라고 불린다고 한다.

물속의 부추를 살래살래 흔들어 소쿠리에서 물을 뺀다. 남편은 대문을 활짝 열고 싸리비로 마당을 쓴다. 팬에 부추전이 두둥실 떴다. 남편더러 동동주를 사 달라고 부탁하고는 팬 손잡이를 흔들어 부추전을 공중으로 휙 날린다. 주부 경력이 몇 해던가. 노릇한 부추전이 공중에서 곡예를 한다.

양념장까지 만들자 어머님이 대문으로 들어오신다. 훤한 마당을 둘러보더니 흐뭇해하신다. 나는 주방에서 상을 들고 마루로 나온다. 부침개에서 김이 모락모락 오르니 구미가 당긴다. 남편이 동동주를 상에 올린다. 어머님이 웬 부추전이냐고 물으시기에 뒤란 텃밭에서 뜯었다고 했다. 전에 없이 난색을 하신다. 맏며느리가 부추가 자라면 달라고 했단다. 어머님은 부침개를 입으로 가져가려다가 젓가락을 내던지고 텃밭으로 종종걸음 치신다. 그 모습이 너무 우스워 웃음을 터트린다. 허리가 굽은 어머님은 입이 땅바닥에 닿을 듯해서 넘어질까 걱정이다. 꾸중을 들을까봐 애꿎은 동동주 한 사발을 벌컥벌컥 들이킨다. 남편이 중간에서 불편한 듯 나를 쳐다본다. 큰일이다. 처음 올라온 부추가 몸에 좋다기에 모조리 뜯어버렸으니.

따끈한 부침개가 식어갈 무렵 어머님이 터덜터덜 돌아오셨다.

"부추를 남김없이 싹쓸이했구먼!"

죄송한 마음에 동동주를 따라드린다. 한 모금 마시더니 부추전을 거칠게 쭉쭉 찢어 드신다. 남편이 나더러 눈치를 주더니 한소리 한다.

"당신은 어머님이 심어놓은 부추를 여쭈어 보지도 않고 마음대로 칼질을 하나?"

남편은 나에게 살짝 윙크까지 해가며 고래고래 고함을 지른다. 그 소리에 햇살도 놀라 달아난다. 어머님은 뾰로통해 있는 나를 보더니 그제야 부추는 베어도 다시 올라온다며 동동주를 드신다. 남편도 마루에 오른다. 부추전이 바닥을 보인다. 내친김에 때 이른 저녁으로 부추비빔밥을 한다. 얼큰한 된장국도 밥상에 올린다. 비빔밥은 양푼이에 비벼야 제맛이라며 큼직한 양푼이를 내어주신다. 양푼이 속으로 숟가락이 들락날락 정겨운 시간이다. 나는 얼마 남지 않은 비빔밥을 남편 쪽으로 자꾸만 밀다가 어머님께 속마음을 들켰다. 밥보다 부추가 더 많은 비빔밥까지 먹고도 한 줌 남은 부추를 가방 속에 넣는다. 어머님은 대청마루에서 그런 며느리가 밉지만은 않은지 빙그레 웃으신다.

헐 집은 없지만 마냥 행복한 하루가 저물어간다.

빈집

밀양에 있는 시댁에 도착하니 집이 텅 비어 있다. 어머님은 노환으로 요양병원에 계신다. 병실에 계시는 어머님 생각에 마음이 짠해온다. 병실 풍경이 눈앞에 아른거린다. 하루를 멀다하고 오가던 자식들도 시간이 지나면 발길이 뜸해진다는 요양병원, 병원에 갈 때마다 보호자들이 거의 보이지 않는다. 처음에는 자주 오더니만 차츰 오지 않는다고 한다. 빈집은 내가 살다가 두고 온 것만이 아니었다. 사람들의 마음이 멀어진 요양병원도 빈집이긴 마찬가지일 게다.

빈집에서 아침을 맞았다. 마당에는 잡초만이 무성하다.

제초제를 뿌리고 낫질을 하여도 소용이 없었다. 대청마루에는 먼지가 쌓이고, 장독대에 홍시가 퍼질러 울고 있다. 때도 없이 찾아와 저지레를 하던 고양이도 훈기 없는 빈집에는 오지 않는다. 녹슨 우체통에서 빛바랜 우편물이 주인을 기다리고 있다.

대청소에 들어간다. 마루도 쓸고, 잡초도 뿌리째 뽑아낸다. 장독에 물걸레질을 하니 제 모습을 찾는다. 뒤란의 텃밭에서는 누렇게 익은 호박들이 외롭다. 돌보지도 않았는데 결실을 맺은 것을 보니 대견스럽다. 수명을 다한 나뭇잎의 윤기 없음이 가슴에 스산한 바람을 일게 한다.

어머님이 씨를 심었던 호박을 가슴에 안고 병원으로 가서 보여드린다. 입가에 미소가 번지더니 집에 가고 싶다고, 어린아이처럼 보채신다. 간호사에게 부탁하여 외출증을 받는다.

모처럼 밖에 나온 어머님은 기분이 좋으신가 보다. 황금들녘이 바람에 일렁이는 시골집 앞에 도착하니 깔끔하게 정리된 빈집이 어머니를 맞이한다. 어머님은 당신이 기거하던 방문을 열어보고, 나는 부엌으로 호박을 들고 간다. 삽시간에 프라이팬에 호박전이 두둥실 떴다. 어머님은 호박전을 달게 드신다. 허락된 외출시간이 임박했지만 어머님은 좀 더 있다가 가자고 하신다. 남편이 어머님을 달랜다.

어머님은 마당을 한 바퀴 둘러보신다. 감나무는 올해도 탐스러운 감을 한 아름 품고 있다. 대문으로 향하는 어머님의 등 뒤에서 홍시가 마당에 떨어진다. 그 소리에 놀라 뒤돌아보며 탄식하신다.

"저 감들을 다 어찌할꼬."

아버님처럼 의지하고 살던 감나무, 자식처럼 여기던 감들이 걱정되신 걸까. 낙엽이 바람을 타고 마당을 빙빙 돈다.

동산에 올라

산에 오른다. 3월의 동산은 나뭇가지에 새순을 틔우고, 산속 길섶에는 겨울을 이겨낸 복수초가 눈길을 끈다.

유년시절이 곰실거린다. 뒷동산에는 복사꽃이 만발했다. 무덤가 비탈길을 지나노라면 양지꽃이 별처럼 예뻤다. 어머니는 산에 올라 나물을 뜯어 조물조물 무쳐서 밥상에 올렸다. 나지막한 동산은 우리들의 놀이터이기도 했다. 뛰어놀다가 배가 고프면 철에 따라 딸기나 머루를 따먹었다. 산에서 나는 열매는 우리들의 좋은 간식이었다. 계절이 바뀔 때마다 열리는 다양한 열매로 입이 심심하지 않았다.

우리 집은 동산으로 올라가는 입구에 있었다. 어머니는

담 옆에 오가는 사람들을 위하여 양동이를 준비해 두셨다. 물을 찾으며 미안해하는 나그네들이 편안하게 마시게 하려는 배려였다. 손잡이가 길쭉한 바가지는 온종일 물 위에 떠다니다가 오가는 행인들의 목을 축였다. 동네 우물에서 물을 길어야 했던 고단했던 시절이었다.

화원동산은 몇 해 전에 야생화 군락지를 조성했다. 응달진 산등성이에는 아직도 잔설이 남았는데 봄의 기운을 받은 나뭇가지에는 파란 새순이 얼굴을 내민다. 언 땅을 뚫고 봄 마중을 나온 까치꽃이 기특하다. 양지쪽에 쑥이 제법 자랐다. 어머니가 해 주신 쑥버무리가 생각난다. 쑥을 뜯어 집으로 돌아와 밀가루로 옷을 입혀 푹 쪄 내니 어머니의 얼굴이 달려온다. 주섬주섬 도시락을 챙긴다.

친정에 다다르니 문 앞에서 삽살개가 꼬리를 흔든다. 방문을 여니 머리 위에 서리가 내린 어머니가 앉아계신다. 누워 계시지 않아서 다행이다. 맑은 어머니의 모습을 대하니 마음이 한결 편안해진다. 딸이 온다는 소리에 머리도 빗고 얼굴에 크림도 발랐다고 한다. 옛말에 나이가 들면 다시 어린아이가 된다고 했던가. 어머니도 내가 문지방만 넘으면 군것질거리를 찾으신다. 얼른 도시락을 연다. 쑥버무리를 보고는 눈이 휘둥그레지신다.

"벌써 쑥이 좋구나."

덥석 집어서 맛있게 드신다. 창가에 봄볕이 내려앉는다. 무릎담요를 챙긴다. 밖으로 나오니 완연한 봄이다. 어머니가 먼 산을 보며 씁쓸하게 웃으신다.

"저 산에도 나물이 지천이겠구나. 동산에 한번 올라봤으면…"

생전에 걸어서는 못 갈 산이다. 어머니가 놀이터처럼 드나들던 고향의 동산에도 지금쯤 복사꽃이 활짝 피었으리라. 어머니의 어깨가 들썩이더니 눈가가 촉촉이 젖는다. 슬며시 등을 내민다.

"내 어릴 적 놀던 동산처럼 편안하네."

떨어질세라 두 팔로 목을 껴안는 어머니가 가랑잎처럼 가볍다.

규화목 硅化木

송해공원 한 쪽에는 보기에도 웅장한 규화목이 오가는 사람들의 눈길을 잡는다. 갈수록 새로운 볼거리로 조성되는 공원은 가을빛에 그 아름다움을 더한다.

규화목은 나무인가 하면 돌이고, 돌인가 하면 나무이다. 나무가 매몰된 후 이산화규소 성분이 스며들어 단단하게 변한 화석이다. 잘 보존된 규화목은 나무의 미세한 부분까지 확인할 수 있어 식물의 분류나 계통까지도 알 수 있다. 특히 나이테는 자란 환경의 직접적인 영향을 받아 형성되기에 당시의 기후조건까지 알아낼 수 있다고 한다.

통나무 형태를 그대로 갖춘 규화목은 인도네시아 화산지

대에서 출토된 것으로 그 장대함과 오묘함에 눈을 뗄 수가 없다. 생명을 다한 거목이 규화목으로 세상에 나와 또 다른 형태로 사람들에게 볼거리를 제공한다.

백세교로 향하는 못 속에 징검다리가 정겹다. 기세도 당당한 물레방아가 굉음을 내며 쉴 새 없이 돌아간다. 지천명知天命을 넘기고도 이루어 놓은 것 없는 자신을 뒤돌아본다. 일상의 꼬인 실타래를 잠시 묻어두고 하늘을 보니 구름도 한나절 쉬고 있다. 못 속에 잠긴 수양목 사이로 백세정이 그림 같다. 머릿결을 스치는 산들바람이 꽃향기를 몰고 온다.

터널을 뒤로하고 백세정으로 향한다. 문화해설사가 언제 다가왔는지 다정히 말을 걸어온다. 깔끔한 개량한복이 잘 어울리는 여성이다. 해설이 많지 않은 날은 한가로이 다리를 거닐며 자신을 돌아보는 시간을 가진다고 한다. 그녀의 모습에서 아름다운 중년의 여유로움을 본다.

탁 트인 백세정에 오르니 두 손을 꼭 잡은 연인이 사랑스럽다. 멀리 풍차가 바람을 타고 빙글빙글 돌아간다. 사랑에 빠진 연인이 불편해할까 봐 슬쩍 자리를 비켜준다.

주차장으로 향하는 갓길에는 코스모스가 눈길을 끈다. 현장학습을 나온 아이들이 규화목을 신기한 듯 바라보다가 장난기가 발동한다. 개구쟁이는 벌써 그 위에 올라가 그것을 만지고 얼굴을 대며 신이 났다. 나의 입가에 미소가 번진다. 아이들이 규화목에서 알록달록 예쁜 꽃이 된다. 풀 한 포기 돌 하나에도 세상에 존재할 이유는 있을 터이다. 누군가에게 기쁨이 될 수 있다면 들길 한적한 곳에 들꽃인들 어떠하리.

구름 리본

길을 걸을 때면 하늘을 쳐다보는 습관이 생겼다. 날씨가 맑은 날은 보고 또 본다.

앞산을 오른다. 산 중턱 운동장에는 벌써 많은 사람들이 운동기구에 올랐다. 틈새를 비집고 들어가 기구 위에 몸을 눕히니 숲속의 맑은 공기가 기분을 상쾌하게 한다. 윗몸을 일으키기가 만만치 않다. 꾸준하게 몸 관리를 못한 자신이 부끄럽다. 호흡이 가빠온다. 두 팔을 머리에 괴고 하늘을 바라본다. 누워서 본 하늘은 걸으면서 본 하늘과 사뭇 다르다. 뭉게구름이 신기하게도 리본 형상을 하고 있다. 선명한 곡선이 예뻐서 가까이 있다면 살짝 훔치고 싶다. 유년시절

머리에 리본을 달아 주던 아버지의 손길이 기억 속에서 희미하다.

아버지는 장날이면 외출을 하셨다. 장에서 막걸리 한잔을 드시고 해거름이면 기분 좋게 마당으로 들어오셨다. 고무줄놀이를 하던 친구들이 집으로 돌아가면, 주머니에서 예쁜 리본 핀을 꺼내주셨다. 아마도 시장 구경을 하다가 난전에서 사신 모양이었다.

아버지는 가끔씩 머리 손질도 해 주셨다. 긴 머리의 끝부분에 방울을 달고 이마로 흘러내린 머리를 쓸어 올려 핀으로 치장을 하셨다. 어린 마음에 어머니가 손질한 머리보다는 예쁘지 않았지만 그다지 밉지도 않았다. 나는 특히 리본 핀을 좋아했다. 낮에는 물론이고 잠잘 때에도 핀을 빼지 않았다.

어느 날, 잠에서 깨어보니 리본 핀이 보이지 않았다. 방바닥에 떨어졌나 이불에 휩싸였나, 샅샅이 뒤졌지만 찾을 길이 없었다. 뛰어 다니다가 어디서 잃어버렸나 생각하니 아깝기가 그지없었다. 방울만 달랑 매단 머리가 왠지 심심했다.

입이 튀어 나온 딸에게 장날이 되면 다시 사 주겠다고 약속했지만 약속은 지켜지지 않았다. 핀 장수가 장날에 다시

오지 않았기 때문이었다. 아버지는 자꾸만 보채는 딸이 안쓰러웠던지 재봉질을 하는 어머니께 부탁을 했다. 리본을 꼭 머리에 달아야만 하는 것도 아니니 원피스를 만들어 주머니 장식으로 리본을 달아주라고 하셨다. 리본 핀에 대한 집착이 원피스를 입으면서 서서히 사라졌다.

학년이 바뀌던 어느 날 갑자기 전학을 가게 되었다. 그런데 이게 어찌된 영문인가. 짝꿍이었던 숙이가 나에게 미안하다며 잃어버렸던 리본 핀을 내밀었다. 아버지가 계시지 않았던 숙이는 아버지가 그리웠나 보았다. 그 사정도 모르고 아버지가 사 준 리본 핀을 줄곧 자랑했으니 숙이에게 미안한 마음이 들었다. 숙이는 체육시간에 운동장에서 핀을 주웠는데 한 번만 머리에 꽂고 준다는 게 때를 놓쳤다고 했다.

"숙아 괜찮아, 리본 핀 선물로 너에게 줄게."

다시 윗몸일으키기를 반복한다. 하늘이 변화무쌍하다. 어느새 리본 구름이 흩어진다. 잡으려 해도 잡히지 않는 구름처럼 아버지의 기억도 무뎌간다. 하늘가에 고추잠자리가 날갯짓을 한다. 흩어진 실구름이 정처 없이 흘러간다.

잎새 하나

차창 밖으로 스치는 7월의 녹음이 싱그럽다. 연둣빛 나뭇가지에 잎새 하나가 유난히 노랗다. 단풍의 계절은 아직 이른데, 그 잎의 사연이 궁금하다.

유년시절, 날이 갈수록 야위어 가던 민수가 며칠째 학교에 나오지 않았다. 하굣길에 친구의 집으로 향했다. 대문으로 빼꼼히 들여다보니 마당에는 아무도 없고, 방안에서 울음소리가 새어나왔다. 밖에서 서성이고 있는데, 길 가던 동네 어르신이 혀를 쯧쯧 차시며 벼락 치는 소리를 하셨다.

"어쩌누, 어린것이 피어보지도 못하고 갔으니!"

가슴이 '쿵' 하고 내려앉았다. 결석이 잦았던 친구는 오래전부터 백혈병을 앓고 있었다. 민수는 가족 선산에 잠들었다.

어머니와 나물을 뜯으러 산에 올라 새소리 정겨운 숲길을 지날 때였다. 산기슭 양지쪽에 조그만 무덤 하나가 외로웠다. 어머니의 나지막한 음성이 들려왔다.

“민수가 잠든 곳이구나. 인사하렴.”

나는 민수와 따먹었던 산딸기를 가지째 꺾어 무덤 앞에 놓았다. 민수는 글짓기도 잘하던 문학소년이었다. 우연히 그의 일기장을 보게 되었다. 깨알 같은 글씨 속에 내 이름이 유난히 많았다. 제일 기분 좋았던 한 구절은 지금도 잊히지 않는다. 그것은 훗날 내게 장가를 오겠다며 침을 발라 꾹꾹 눌러 쓴 내 이름 석 자였다.

내 삶의 여름이 가고 있다.

연못이 있는 풍경

여름에는 더위를 이기는 한 방법으로 문화탐방을 간다. 올여름은 유독 날씨가 덥다. 피하지 못하면 즐기면 될 일이다. 전국의 멋스러운 고택을 돌아보기로 계획을 세우고 가까운 곳부터 찾아본다.

경주 종오정에 도착했다. 사진 찍기 좋은 명소로 이름이 난 곳이다. 고즈넉한 산길을 뒤로하니 잘 가꾸어진 연못이 나를 반긴다. 배롱나무와 고택의 조화가 멋진 풍경을 자아낸다. 고택체험으로 숙박을 하는 사람들이 여유롭게 하루를 보내고 있다. 몇백 년이나 된 고목이 정원의 역사를 말해준다.

종오정이 있는 연정마을은 정자가 있는 연못가에 위치해 있다. 조선 영조 때 자희옹 최치덕이 지은 정자로 팔작지붕에 양쪽으로 가적지붕을 달아놓았다. 정자 이름은 논어의 '종오소호' 에서 나왔다. 공자가 말하기를 "부자가 되는 길이 추구할 만한 것이라면 나는 말의 채찍을 잡는 일이라도 마다하지 않겠다. 그렇지 않다면 내가 하고 싶은 일을 하겠다."라고 했다. 최치덕이 정자 이름을 종오정으로 한 이유가 그의 시에서 잘 표현된 듯하다.

오직 좋아하는 것을 따름일세.

물에 닿으면 낚시질하고,

산에 오르면 고사리 캐며

버들에 물어보고 꽃 찾아 음풍농월한다네.

종오정 동쪽 방에는 '무송와' 라는 현판이 걸려있다. '무송와' 는 '소나무를 어루만지는 집' 이라는 뜻이다. 서쪽 방은 '지간헌' 으로 '낚싯대를 들고 다니는 집' 이라고 한다. 지간헌명을 살펴보면 최치덕의 소탈하고 욕심 없는 인격을 읽을 수 있다.

낚싯대 드리운다고 반드시 고기를 낚는 것은 아닐세.
부지런히 때마다 먼 조상 추모함이라.
아이들아, 내 오묘한 뜻 체험했으니
황천으로 돌아간다 해도 아무 부끄러울 것 없으리라.

마루 앞 댓돌 위에는 고무신 두 켤레가 정갈하다. 대청에 비스듬히 누우니 못 속에 배롱나무도 쉬고 있다. 연못가를 오가던 사람들도 다소곳이 모여앉아 정담을 나눈다. 턱을 괴고 정원의 풍경에 빠져든다.

사진을 찍는다는 건 축복 받은 일이다. 어디서든 여행길이 외롭지 않다. 보고 듣고 찍고 글을 쓰며 가는 곳마다 즐거움이 영근다. 연못가에 엄마와 아이가 원피스를 커플로 입고 포즈를 취한다. 사진사도 멋쟁이 아빠다. 차양이 넓은 모자를 쓴 모녀가 그림처럼 아름답다. 배롱나무 그늘에 섰다가, 연못가에 앉았다가, 촬영에 여념이 없다. 아빠는 무거운 카메라를 들고도 지칠 줄을 모른다. 계속 아이를 따라다니며 다양한 포즈를 주문한다. 흐뭇하고 정겨운 모습이 종오정의 또 다른 풍경이 된다. 사람과 자연이 공존하는 고택의 아름다움이 연못 속에 반영된다.

꼬불꼬불 들길을 나서며 내 가슴속에 예쁜 연못 하나 새

긴다. 그곳 진흙에서도 시들지 않는 연꽃 한 송이를 피우련
다.

들고양이의 행진

소나기가 억수같이 쏟아진다. 어디선가 고양이 울음소리가 자꾸만 들린다. 소리의 행방을 찾아드니 아파트 지하실이다. 알림판에서 고양이를 분실했다는 내용은 보지 못했다. 들고양이가 아파트 지하실에 사는 모양이다. 소나기가 거세지자 울음소리도 커진다. 배가 고파 우는 건지 빗소리에 놀라서 우는 건지 모를 일이다. 구석진 자리에 새끼고양이 두 마리가 움츠리고 있다. 어미는 새끼를 두고 어디로 갔단 말인가. 새끼는 빗속에 어미라도 찾아다녔는지 몰골이 말이 아니다.

문득 유년시절 처마 밑에 쪼그리고 앉아 오지 않는 어머니를 기다리던 내 모습이 떠올랐다. 어머니는 생활력이 부족한 아버지 때문에 고생하셨다. 아버지는 어쩌면 가정을 꾸리기에는 애당초 맞지 않는 분이었는지도 모른다. 어머니가 애들 등록금이 없다고 하소연하면 학교 안 보내면 되지 무슨 걱정을 하느냐고 하셨고, 쌀독에 양식이 떨어진 줄도 모르고 펜대만 굴리셨다.

어느 날 서로 말다툼을 했는지 어머니 얼굴에 근심이 가득했다. 장녀인 나를 부엌으로 부르더니 멀리 떠날 사람처럼 이것저것 당부를 하셨다. 유난히 많은 시래깃국과 밑반찬이 그때는 무엇을 의미하는 줄 몰랐다. 아니나 다를까. 외출을 한 어머니는 밤이 깊어도 돌아오지 않았다. 아버지는 우리에게 며칠 볼일 보고 올 것이라고만 했다. 어린 동생들이 보채기 시작하는데도 어머니를 찾지 않고 당신 일만 하시는 아버지가 미웠다. 우리는 날이 갈수록 몰골이 초췌해져 갔고, 시름시름 아프기 시작했다. 막내가 열감기로 사경을 헤매었다. 나는 어머니가 미워졌다. 막내 간호로 날밤을 세운, 무서웠던 그날을 지금도 잊을 수가 없다.

드디어 꼼짝도 하지 않던 아버지가 용단을 내렸다. 자식이 아파 사경을 헤매는 모습을 더 이상 보고만 있을 수 없었는지 어머니를 찾아 나섰다. 해거름에 이제나 저제나 어머니를 기다리며 동구 밖을 서성이는데 집집마다 저녁연기가 피어올랐다. 갑자기 눈시울이 뜨거웠다. 저녁연기는 가족을 위한 어머니의 사랑이었다.

얼마나 지났을까. 밤의 적막을 깨고 멀리서 그림자 두 개가 성큼성큼 다가왔다. 아버지와 어머니였다. 동생들은 달려가 어머니의 품속에 안겼다. 나는 늦게 오신 어머니가 반갑기도 하고 밉기도 하여 마냥 서 있었다. 두 분의 자존심 싸움에 새우등만 터졌다. 어머니가 집을 나가도 아버지가 의연했던 것은 믿는 구석이 있어서였다. 어머니는 친정에 있는 줄 뻔히 알면서도 데리러 오지 않는 아버지를 원망도 했으리라. 그 후로 우리들은 어머니가 시장만 가도 병아리처럼 졸졸 따라다녔다.

소나기가 멎고 햇살이 비친다. 새끼고양이가 더는 울지 않는다. 어미의 발자국 소리라도 들은 것일까. 나는 얼른 자리를 뜬다. 저녁상을 물리고 나니 새끼고양이가 걱정이 된다. 지하실로 내려간다. 고양이가 보이지 않는다. 어디로 갔을까. 혹시 하고 풀숲 화단을 기웃거린다. 여기저기 돌아보다가 뒤돌아 나오는데, 눈앞에 가슴 벅찬 진풍경이 벌어진다. 어미고양이가 앞장서고 그 뒤로 새끼고양이들이 줄

지어 따라간다. 새끼 두 마리가 늘어나 모두 네 마리다. 어미 닭을 쫓아가는 병아리처럼 귀엽기가 짝이 없다. 아빠고양이가 보이지 않는다. 가족을 위해 먹이사냥이라도 하는 것일까. 고양이들이 사라진 숲 뒤로 어둠이 내린다. 산들바람에 온몸이 상쾌하다.

가을이 코앞이다.

뒷모습에 반하다

'뒷모습에 반하다' 란 밴드가 휴대폰 창에 뜬다. 가입을 하고 보니 사진을 취미로 하는 동호회다.

회원 수가 꽤 많다. 다양한 카메라로 찍은 작품들이 타의 추종을 불허한다. 뒷모습이라 함은 사람만 대상으로 하는 줄 알았다. 아니다. 사람은 물론이고 동물과 식물의 뒷모습도 다양하게 올려놓았다. 진부한 고정관념을 깨는 작품성에 반한다.

밴드 대문에 황혼의 노부부가 노을을 바라보며 강가에 앉아있다. 인생의 희로애락을 함께 한 여유로움이 뒷모습에서 느껴진다. 황혼과 노부부를 잘 매치시킨 작품이다. 나도 그들처럼 잘 익을 수 있을까.

다시 뒤태에 매료될 사진 한 장이 뜬다. 포스팅에 의하면 어느 봄날의 사진으로 초원에서 남편이 핸드폰으로 찍어준 것이라 한다. 긴 머리에 화관을 쓰고, 하얀 원피스를 입은 여인의 뒷모습에 반한다. 남편은 아내의 모습이 얼마나 예뻤을까. 호기심이 발동한다. 괜찮은 뒷모습을 보면 그것으로 만족하면 될 터인데 앞모습이 궁금해지는 건 무슨 심사일까.

첫 사진을 올리기 위해 폰 속에 저장된 앨범을 펼쳐본다. 언젠가 산길에서 찍었던 비구니 수도승의 사진이 눈길을 끈다. 허름한 장삼을 두르고 홀로 산길을 내려가는 스님의 뒷모습에 햇살이 내려앉았다. 길게 늘어뜨린 걸망이 발걸음을 옮길 때마다 흔들거렸다. 분주한 세상에 무슨 볼일이라도 있는 것일까. 포스팅과 함께 밴드에 올린다. 기분 좋은 환영의 댓글이 줄을 잇는다.

어느 회원이 올린 코스모스의 뒷모습에 반한다. 바람이 부는 들녘이다. 훤칠하게 웃자란 코스모스가 바람을 타는 모습은 고개가 꺾어질 듯 위태롭다. 갈대숲이 바람결에 쏠리듯이 무리 지은 코스모스가 몸을 가누지 못한다. 회원은 들길을 앞으로 살짝 밀고, 꽃잎의 뒤태를 살렸다.

어머니의 품속처럼 아늑한 초가집의 뒷모습에 반한다. 지붕 위에 박꽃이 아름답다. 저녁연기가 피어나는 찰나의 순간까지 담은 수준 높은 작품이다. 초가삼간의 내막이 궁금하다. 사람이 살고 있을까. 연기가 있는 풍경이 좋아 댓글을 달며 촬영한 장소를 물어본다. 박꽃을 심고 저녁연기가 나는 그곳에서 순수한 자연인을 만나고 싶다.

길을 가다보면 뒷모습이 유난히 아름다운 사람이 있다. 멋진 모습만큼이나 잘 살아 온 사람일 게다. 등이 쓸쓸해 보이는 사람은 마음도 외롭다고 했던가. 타인에게 비친 나는 어떤 모습일까. 반할 만큼 멋진 모습은 아닐지라도 기댈 수 있는 푸근한 모습이었으면 좋겠다.

관곡지에서

삶이 시들할 때에는 카메라를 메고 집을 나선다. 회원과 연꽃 테마파크로 이름난 관곡지에 다다랐다. 이곳은 조선시대 강희맹 선생이 사신으로 명나라를 다녀오면서 '전당홍' 이라는 새로운 품종의 연꽃을 들여와 그 씨앗을 최초로 뿌린 연못이라 한다.

단지에 들어서니 더위에도 아랑곳없이 사람들이 붐빈다. 일찍 핀 연꽃은 벌써 샤워기처럼 앵돌아져 볼이 부은 아이의 모습 같다. 작가는 연잎 위에 물을 뿌린다. 하지만 나는 인위적으로 만들어지는 작품을 그다지 좋아하지 않는다. 수명을 다하여 떨어진 낙화가 더 아름다울 때가 있다.

적당히 만개한 홍련이 렌즈 속으로 들어온다. 화사한 봉오리와 햇빛이 환상의 조화다. 빛이 쏟아지는 방향에 따라 사진의 채색도 천차만별이다. 자세를 낮추고 카메라의 줌을 당긴다. 갈등이 생긴다. 꽃송이만 데리고 오자니 외롭고 심심하다. 사람이나 식물이나 너무 단조롭고 밋밋하면 감흥이 적다. 평이하고 지루한 일상의 연속이라면 우리네 삶에도 자극을 줄 무언가가 필요하다. 몇 걸음 옆으로 물러선다.

각도를 조금 바꾸어 풀잎 하나를 홍련 위에 찔러넣는다. 예리한 초록빛 조각 하나로 분홍 꽃의 세상에는 작은 파문이 생기고, 그 아름다움도 차원을 바꾼다. 어제가 오늘 같고 오늘이 내일 같은 내 삶의 색깔을 바꿔줄 활력은 무엇일까. 잠시 더위도 식힐 겸 산보를 즐긴다. 커다란 연잎 뒤에 가려진 백련이 수줍은 새색시 같다. 드러내지 않고도 속치마 속에 가려진 듯 은은한 아름다움이 있다. 그 모습에 연잎도 부끄러워 바람을 타고 고개를 돌린다.

해 질 녘 수련지로 걸음을 옮긴다. 연꽃은 피는 시간이 각각 다르다. 아침과 낮에 피는 꽃이 있는가 하면, 해가 져야 피는 꽃도 있다. 수련지에 작가들이 모여든다. 밤에 얼굴을 내미는 다양한 수련을 카메라에 담는다. 그 중에서도 빅토리아 연꽃이 장관이다. 3일 동안만 꽃을 피우는, 좀처럼 만나기 어려운 도도한 꽃이다. 첫날은 옅은 흰색이었다가 둘째 날은 차츰 짙은 붉은색으로 변모하며 왕관을 쓴다. 남아메리카 아마존강 유역이 원산지이다. 19세기에 영국의 식물학자들이 발견했다는데 첫 번째 증식된 꽃을 빅토리아 여왕에게 선물로 바쳐 빅토리아라는 이름을 얻었다. 화려한 대관식에 힘입어 밤의 여왕이라고 불리기도 한다. 향기와 꽃잎이 풍성하고, 잎이 큰 것은 2m나 되어 사람이 올라가도 가라앉지 않는다고 한다.

빅토리아연의 신비에 빠져 집으로 돌아가는 시간을 잊었다. 그것을 배경으로 회원에게 독사진을 부탁한다. 그녀는 우스갯소리로 연잎 위에 올라가라고 한다. 연잎이 아무리 실하다 한들 이 큰 사람을 견딜까.

포즈를 잡는 내 모습이 빅토리아연 세상에 자극이 되어 아름다운 작품이 된다.

아들이 찻집으로 들어간다. 커피를 들고 행여 쏟아질세라 깨금발로 나에게 다가온다. 그 모습 뒤로 낙엽이 흩날려 사람도 풍경이 된다. 커피 향이 코끝에서 향기롭다. 함께 한 투어가 막을 내릴 시간이다. 학사모를 쓴 아들의 모습이 벌써 보고 싶다.

2부
장마

장마

비가 내린다. 거리로 나서니 우산 위로 떨어지는 빗방울 소리가 좋다. 친구와 약속한 찻집으로 들어간다. 우산꽂이에 빈 공간이 없어 망설이다가 우산을 들고 자리에 앉았다. 시간 가는 줄 모르고 친구와 밀린 수다를 떠는 사이에 탁자 밑에 비스듬히 기댄 우산의 물기가 마른다.

밖에는 여전히 비가 내린다. 우산꽂이에서 내 것과 닮은 우산을 의심 없이 꺼내든다. 집으로 돌아와 우산을 자세히 보니 아뿔싸! 손잡이가 다르다. 여름비는 여전히 억수같이 퍼붓는다. 우산을 잃은 사람은 어떻게 되었을까. 문밖을 내다보니 잘못 들고 온 우산이 우두커니 서 있다. 장마다.

환승입니다

'환승입니다.'

대중교통을 이용하는 사람이라면 누구라도 반가워하는 소리다. 환승제도가 없었을 때에는 이용하는 사람들이 많이 불편했다. 나도 바쁜 날이면 택시를 이용했고, 단번에 목적지까지 가는 노선이 없으면 가까운 정류소에서 내려 걸어가곤 했다.

볼일이 많은 날은 아예 대중교통을 이용하며 환승의 스릴도 즐길 만하다. 운이 좋은 날이면 세 번까지 환승을 하기도 한다. 별 볼일 없이 어정거리다가 환승의 기회를 놓치면 왠지 손해 보는 느낌이다.

서점에 가려고 버스를 탄다. 오래 걸리지 않아 돌아오는 길에 환승의 쾌재를 부른다. 시장을 가게 되었다. 내릴 때 행여나 하고 단말기에 카드를 바짝 갖다 댄다. 서둘러 정해 둔 식재료를 장바구니에 담고 버스를 기다린다. 버스가 바로 오지 않으면 마음이 조마조마하다. 먼저 탄 번호의 버스가 달려온다. 하지만 환승을 하려면 그 버스를 탈 수가 없다. 환승에도 규칙이 있기 때문이다. 이미 탄 같은 번호의 버스는 환승이 되지 않는다. 잠시 후 따라온 다른 버스를 탄다. 혹시나 하고 단말기에 카드를 대고 숨을 죽인다. '환승입니다.' 두 번째 환승이 성공을 한다. 순간 느끼는 행복이 가슴을 벅차게 한다. 환승 시간은 시내의 최초 교통수단 하차 후 30분 이내이다.

버스요금 1,250원의 행복이 소시민을 웃게 한다. 흔들리는 버스 안에서 장바구니가 덩실덩실 춤을 춘다.

첫차를 타고

첫차를 타고 친구의 농장을 찾았다. 시골길을 달려 온 버스는 어느새 꽁무니를 감춘다. 이른 아침의 농가는 물안개로 자욱하다.

친구는 마음의 병으로 시골집에서 수양 중이다. 병원에서 내린 진단은 우울증이다. 나는 한가한 날이면 가끔씩 버스를 타고 친구를 만나러 간다. 되도록이면 첫차를 탄다. 그러지 않으면 반나절이 훌쩍 지나서야 농장에 도착하기 때문이다.

방으로 들어서자 친구는 반가워 어쩔 줄을 모른다. 그녀는 농장을 잘 꾸며놓았다. 커피를 나누며 친구의 심리상태를 살핀다. 그녀는 컨디션이 좋은 날에는 풀 뽑기를 하며 자라는 농작물을 보는 재미에 잡생각을 잊는다고 한다. 그러다가 밤이 오면 또 가슴이 답답하여 잠을 설치는 날이 많다고 한다. 농장에 오기까지는 안 해 본 일이 없었으리라. 심리치료와 입원도 했지만 큰 효과가 없었다고 한다. 야위어 가는 그녀를 보는 순간 덜컥 겁이 났다. 저녁에 막차를 타고 가려던 마음이 무너진다. 아마도 그녀와 밤을 보내야 될 것 같다.

텃밭으로 간다. 저녁은 그녀가 좋아하는 수제비를 하기로 했다. 오이와 가지를 따서 무치고, 풋고추를 날된장에 꾹 찍어서 맛있게 먹으리라. 주방이 분주하다. 밀가루 반죽을 해 놓고 감자껍질을 벗긴다. 내친김에 찜솥에 감자도 쪄낸다. 그녀는 등 뒤에서 멍하니 앉아있다. 친구를 일으켜 세운다. 함께 수제비를 퐁당퐁당 떼 넣는다. 오랜만에 그녀가 웃는다. 강가에서 물수제비를 하던 기억이라도 난 것일까.

그녀가 갑자기 흐느껴 운다. 그녀의 고백에 가슴이 내려앉는다. 옆에 휴대폰이 울려도 받으러 가기가 귀찮고, 진수성찬을 보아도 식욕이 나지 않는다니 보통 큰일이 아니다. 나들이를 가려고 해도 대문 밖이 무섭고, 하고 싶은 것도 보고 싶은 것도 없다고 하니 이 일을 어찌하리. 그녀의 앙상

한 어깨가 마음을 짠하게 한다.

"내가 무얼 해 줄까?"

그녀는 내 품에 얼굴을 묻는다.

"함께 있어 줘."

들창 너머로 밤이 깊어간다. 문을 열고 밖으로 나오니 백열등 불빛 아래 하루살이가 날아든다. 하루를 산다고 하루살이라 했던가. 그녀가 잠에서 깼는지 밖으로 나온다. 나란히 살평상에 걸터앉는다. 알전구를 맴돌며 치열하게 날갯짓하는 하루살이를 멍하니 쳐다본다. 멀리 막차가 떠나는지 경적소리가 밤의 적막을 깬다.

사람도 풍경이다

은행잎이 바람결에 자꾸만 떨어진다. 길 위로 달려가는 자동차도, 재잘거리며 뛰어노는 아이들도 모두가 풍경이다. 취업한 아들이 데이트 신청을 했다. 코스가 이색적이다. 아들은 자신이 유년기부터 다녔던 학교 투어를 하자고 한다. 초등학교부터 대학까지 모두 근교에 있으니 어려울 것도 없다.

초등학교에 도착하니 마침 주말이라 운동하는 사람들만 보일 뿐 한적하다. 입학할 때 제법 큰 운동장이었는데 지금은 아닌 것 같다며 앞서가는 아들의 어깨가 듬직하다. 세월은 유수와 같다고 했던가. 키 작은 꼬맹이가 언제 저만큼

장성했을까.

약속을 지키지 않은 아들에게 회초리로 종아리 열 대를 때린 날이 있었다. 아들은 아프다며 제자리에서 방방 뛰었다. 그 호들갑에 나는 종아리를 몇 대 때렸는지 잊어버렸다. 어림짐작으로 매질한 횟수를 거의 채운 것 같아 회초리를 슬그머니 놓았다. 아들은 그냥 있으면 넘어갈 일에 매를 불렀다. 우느라 북새통을 떨면서도 종아리 맞은 횟수는 헤아리고 있었나 보았다.

"어머니 세 대 더 때려야 끝나요."

나는 내려놓은 회초리를 다시 잡으며 웃음을 참느라고 애를 먹었다. 중학교 정문 입구가 조금 낯설다. 바뀐 게 있다면 벽화가 그려진 것뿐인데 북적대던 학생들이 없어서인지 운동장이 휑하다. 입학하던 날, 교복을 입은 아들은 꼬마신랑처럼 귀여웠다. 고등학교와 붙은 학교라 그런지 운동장도 엄청 컸다. 가방 메고 교실을 찾아가던 아들의 모습이 기억 속에서 가물거린다.

방과 후, 친구와 어울리기보다는 컴퓨터 오락에 빠져 몸살을 앓던 그 시절, 아들은 먹지도 자지도 않았다. 방학 때도 밤낮으로 게임에 빠져서 행동도 까칠했다. 타일러도 보고 윽박질러도 보았지만 소용이 없었다. 고등학교 들어가서도 멈추지 않은 게임으로 모자간의 소통에도 벽이 생겼다.

주말이면 컴퓨터가 없는 곳으로 아들과 여행길에 올랐다. 바닷가에서 새우깡으로 갈매기를 부르고, 앞산 정상 오르기에 숨이 가빴다. 아들은 영화를 볼 때에도 심드렁하니 입이 댓 발이나 나와 있었다. 한편으로는 한곳에 저렇게까지 몰입할 수 있다는 게 신기하기도 했다.

아들은 운동장을 한 바퀴 뛰어 축구 골대 앞에서 발걸음을 멈춘다. 다가와 나를 안는다. 뛰면서 무슨 생각을 한 것일까. 웬 어리광이냐며 밀쳐냈지만 싫지 않다.

교문 앞 교복을 판매하던 매장이 보이지 않는다. 예전과는 달리 전문매장을 찾는 터라 문 닫은 곳이 태반이다. 지난날 재봉 일을 하던 아저씨가 생각난다. 단추가 떨어지면 언제든지 달아주고, 해어진 교복도 공짜로 박음질해 주던 훈훈함이 있었다. 아들은 문구점 아줌마도 보이지 않는다며 가게 안을 연신 들여다본다. 차에 오르니 피아노 협주곡이 가슴을 속삭인다.

대학가에 도착했다. 넓은 캠퍼스는 젊은이들로 활기차다. 주말도 반납하고 열공하는 학생들의 풋풋한 젊음이 가슴을 벅차게 한다. 광장에는 어수선한 나라를 걱정하는 대자보가 펄럭인다. 가로수 낙엽 길을 나란히 걸어간다. 졸업 전에 취업을 먼저 했으니 홀가분하게 졸업장을 안을 수 있으리라. 학구열을 불태웠던 이곳이 학생이었기에 보호받을 수 있는 아들의 마지막 울타리였으리라. 사회인이 되면 자신의 행동에 책임이 따른다. 아들의 어깨에 무거운 짐을 올려놓은 듯 마음이 짠해온다. 가로수 길에 따스한 햇살이 내려앉는다. 대학가의 연인들이 재잘거리며 정답게 걸어간다. 나는 아들의 어깨를 툭 친다.

"이제 취업도 했으니 여자 친구도 엄마한테 소개해야지."

아들은 자꾸만 웃는다. 아무거나 입어도 젊음 그 자체로 아름다운 나이다. 벤치에 나란히 앉아 비둘기가 뒤뚱거리며 모이를 찾는 것을 보며 아들이 여유롭게 웃는다. 취업의 관문을 한 방에 홈런으로 날려준 아들이 고맙다. 다시 시작이다. 아들과 화이팅을 외친다. 공부하는 사회인으로 꿈과 희망을 품고 정진했으면 좋겠다.

아들이 찻집으로 들어간다. 커피를 들고 행여 쏟아질세라 깨금발로 나에게 다가온다. 그 모습 뒤로 낙엽이 흩날려 사람도 풍경이 된다. 커피 향이 코끝에서 향기롭다. 함께 한 투어가 막을 내릴 시간이다. 학사모를 쓴 아들의 모습이 벌써 보고 싶다.

동자꽃

숲속에서 동자꽃을 만났다. 꽃잎 속에서 귀여운 동자스님이 웃는 듯하다.

해인사의 동자스님들은 천진스럽다. 천방지축 뛰며 즐겁게 놀다가도 갑자기 엄마 보고 싶다고 떼를 쓰기도 한다. 자신의 의지로 절에 들어온 동자가 얼마나 될까. 삶을 알기에는 너무 어린 나이가 아니던가. 동자에게 먹물 옷은 너무 무겁고 가혹한 것인지도 모른다. 까까머리 동자를 볼 때마다 가슴에 돌덩이를 얹어 놓은 듯 무겁다.

공양보살의 뒤만 따라다니며 재잘거리는 동자들에게 눈길이 쏠린다. 그중에서도 성철동자가 유독 마음에 담긴다.

성철 아기스님은 성철 큰스님이 환생하신 거라고 믿는 이들도 많다. 무학스님은 성철 큰스님이 해인사를 찾는 꿈을 꾸었는데, 꿈에서 스님이 사라진 자리에 한 동자가 서 있었다고 한다. 두 번이나 같은 꿈을 꾼 후 정말로 성철동자가 찾아왔다고 한다.

성철동자는 다른 동자와 다르게 부모와 할머니도 계신다. 두 살 때 몸이 아파 온갖 병원을 다녀도 차도가 없었다고 한다. 할머니는 백방으로 알아보다가 스님이 될 운명이라는 뜻밖의 소리를 들었다. 할머니의 꿈속에서도 아이를 해인사로 데리고 가라고 했다. 할머니는 아이를 데리고 해인사로 가는 중 무학스님을 만났다. 스님은 성철 큰스님의 법명을 따서 '성철' 이라는 법명을 지어주고, 절 이름도 지금의 '백화도량 해인사' 로 붙였다. 지금은 상좌스님으로 성철 아기스님에게 거는 기대가 크다고 한다. 속세에서 고치지 못한 병이 출가하여 씻은 듯이 나았다고 하니 아이러니한 일이 아닐 수 없다.

어린 나이에 엄마 품도 그립겠건만, 내색 한 번 하지 않고 부처님을 향한 정진의 길에 소홀함이 없다고 한다. 범상한 행동 하나하나가 평범한 아이가 아니다. 성철 큰스님과 인연의 고리라도 닿은 것일까. 오가는 사람들 중에는 아무것도 모르는 어린아이 머리를 깎아 놓고 앞으로 갇혀 살 인생이 불쌍하지도 않느냐고 항의하는 이도 있다고 한다. 부모 품에서 어리광이나 부릴 나이에 스님이 되었으니 짠한 마음이 왜 없겠는가. 밤낮을 가리지 않고 오지 않을 엄마를 기다리다 잠이 든 동자들이 안쓰러워 불자들 마음에도 찬바람이 분다.

돌아오는 산길에 땅거미가 내려앉는다. 동자꽃의 전설이 머리를 스친다. 산속 암자에 동자승을 홀로 두고 시주를 떠난 스님은 눈이 많이 내려 산으로 돌아오지 못했다. 동자승이 죽은 그 자리에 피었다는 애틋한 전설의 꽃이다. 꽃말은 기다림이다. 어느 시인이 그랬던가. 바퀴를 보면 굴리고 싶고 꽃잎을 보면 따고도 싶지만 동자꽃에게는 그런 충동이 없다고.

가지에 걸린 초저녁달 속에 두고 온 동자꽃이 떠오른다. 백화도량의 동자스님도 보고 싶다.

낚시터에서

남편이 낚싯대를 드리울 때마다 낚시는 아무나 하는 게 아니라고 핀잔을 준다. 낚시터에서 집으로 돌아올 때 십중팔구는 빈손이기 때문이다. 무엇이 문제기에 피라미조차 남편을 무시하는지 궁금하다. 일손을 놓고 낚시터로 동행을 한다.

팔공산 입구, 송림못이 우리를 반긴다. 파라솔을 펼친 낚시꾼들이 미동도 하지 않고 목석처럼 앉아있다. 어디선가 아름다운 음악이 흐른다. 간간이 입질하는 낚싯대의 방울소리가 들려온다. 풀숲을 헤치고 평평한 못가에 자리를 잡는다. 남편은 벌써 밑밥을 끼우고 낚싯대를 던진다. 품새가 제법이다. 나도 바늘에 미끼를 끼운다. 떡밥에 욕심이 잔뜩 묻었다. 세상사 떡밥에 욕심이 많은 사람들은 물고기에게 배워야 한다. 물고기는 떡밥이 크다고 아무거나 덥석 물지 않는다.

어지럽던 마음도 낚시터에서 안정을 되찾는다. 무거운 머리를 비우기에는 낚시가 제격이다. 낚싯대를 드리우고 앉아 있으면 온갖 잡념이 사라진다. 그 와중에 눈먼 고기라도 걸려들면 짜릿한 손맛까지 볼 수 있으니 일석이조가 아니겠는가. 기다려도 낚싯대에 기별이 없다. 자리를 옮겨본다. 몇 분이 지났을까. 드디어 걸려들었다. 대를 잡은 손에 제법 무게가 실린다. 팽팽한 낚싯줄이 끊어질까 두렵다. 밀고 당기며 어쩔 줄을 모른다.

남편이 달려온다. 피라미 한 마리도 못 잡은 주제에 그래도 고수라고 훈계를 한다. 수면 위로 떠 올린 고기는 월척이다. 날아갈 듯 환호성을 지른다. 쏘가리와 닮았다. 낚시꾼들이 하나 둘 몰려든다. 하지만 가까이에서 본 그것은 점잖지 못하게 입이 너무 크다. 민물 토종물고기의 천적인 배스다.

고기를 못 잡은 남편과 배스를 잡은 내가 다를 것이 무엇이랴. 실속 없는 건 매 마찬가지다. 배스는 낚시꾼들이 좋아하는 어종이 아니다. 튀김용으로 더러 먹기는 하나 인기가 없다. 그렇다고 천적을 물에 놓아줄 수도 없다. 머리가 복잡하다. 배스 앞에 이러지도 저러지도 못하는 꼴이라니. 민물고기의 천적은 지정된 관할에 신고 하도록 되어있다. 옆에서 남편이 자꾸만 알짱거린다.

“잡으면 뭐 하노. 먹지도 못 하고, 마음대로 버리지도 못하는 거~.”

비웃는 남편을 한 대 때려주고 싶다. 낚싯대를 철수한다. 이 골통을 어이할꼬!

멀리 가로수 길에 연등이 줄을 잇는다. 사월 초파일이 얼마 남지 않았다. 배스가 살려달라고 팔딱인다. 자기도 천적으로 태어나고 싶었을까. 낚시꾼에게 잡혀서 먹힌다 해도 환호 받는 쏘가리로 태어나고 싶었을 터이다. 남편이 밉상스럽게 또 부아를 지른다.

“그놈 놓아주면 경찰이 당신 잡아간대이~. “

사랑의 계절

봄바람이 속삭인다. 친구들과 남지로 가는 길이다. 곳곳마다 꽃축제로 난리다. 길가에 가로수들이 연둣빛이다. 달리는 차창 너머로 이색적인 간판이 눈길을 잡는다. 보기에도 거창한 건물의 상호는 '예스예스 드라이브 모텔' 이다.

수다로 시끌벅적했던 차 안이 갑자기 조용해진다. 하나같이 간판 이름을 왜 '예스예스 드라이브 모텔' 이라고 했을까 궁금해 한다. 웃지 못할 해프닝이 벌어진다. 친구들은 나름대로의 생각을 얘기한다. 한 친구는 연인이 기분 좋게 드라이브를 하다가 서로 '예스예스' 하며 들어가는 모텔이라고 하고, 다른 친구는 모텔 안에서 사랑을 진행 중인 연인이 에스에스를 연발하며 달콤한 드라이브를 즐긴다는 것이다. 생각은 자유라 했으니 웃고 말 일이지만, 한 번 보면 간판의 의미를 궁금해 할 사람이 적지 않겠다.

남지에 다다랐다. 유채꽃 축제로 주차장 입구부터 북소리가 요란하다. 그래도 축제의 분위기를 내는 데에는 각설이들의 마당놀이가 제격이다. 짧은 치마 팔랑이며 입담 좋은 각설이가 옛 노래를 열창한다. 그 신명에 우리도 어깨를 들썩이며 유채밭으로 걸음을 옮긴다. 하늘 높이 제트기가 굉음을 내며 다양한 쇼를 선보인다. 제트기는 쏜살같이 공중에서 하트를 그리더니 그 중앙으로 통과한다. 다양한 문양을 즐기던 사람들은 하늘을 향해 두 팔을 흔든다.

주위가 조용해지자 관광객들이 유채밭으로 몰려든다. 바야흐로 사랑의 계절이다. 만개한 꽃송이마다 꽃과 벌이 열애 중이다. 밭고랑마다 물오르는 청춘들이 사진을 찍으며 사랑놀이에 여념이 없다. 지나가던 중년의 남자들이 우리를 보고 힐끔거린다. 유채 삼매경에 빠진 나에게 친구가 옆구리를 쿡 찌른다.

"저기 있는 신사들이 차 한잔하잖다."

밭둑에서 벌 세 마리가 야릇한 미소를 띠며 윙윙거리고 있다. 그들의 눈에는 우리가 아직 꽃으로 보이는가 보다.

하기야 인생은 육십부터라 했으니.

마음의 동요도 잠시 그들을 바라보는 눈길이 멀어진다. '추억만 남지' 란 슬로건이 새겨진 포토존 앞에서 사람들이 줄을 지어 서 있다. 그 꼬리를 물고 순서를 기다린다. 추억은 많을수록 외롭지 않다. 찰나의 순간이 모여 그리움이 되고, 즐거운 인생이 된다.

주차장으로 돌아온다. 해거름인데도 여전히 들어오는 차량은 끊이지 않는다. '에스에스 드라이브 모텔' 을 지나간다. 마침 그곳에서 나오는 차량이 보인다. 친구가 부러운 듯 한마디 한다. "좋을 때다." 친구가 나부대는 꼴이 심상찮다. 나의 집벌은 오늘도 탁구장에서 숱한 꽃들과 뛰며 진을 뺄 것이다. 퇴근 후 바로 오라고 전화라도 할까.

고추

시댁으로 가는 길은 언제나 종종걸음이다. 결혼을 한 여자에겐 친정은 나들이고, 시집은 일터다. 시골에 갈 때는 화장기 없는 얼굴에 앉고 서기가 편한 복장을 한다. 바쁜 농사일로 특별한 외출이 없으면 치장 한 번 하기도 힘든 동서에게 미안한 까닭이다.

특용작물을 하는 큰집은 겨울 한철이 제일 바쁘다. 풋고추 재배로 몇 달 동안 하우스에서 나오는 수입이 연간 수입이 되기도 한다. 그러니 농번기는 봄과 가을이 아닌 겨울이다. 일손이 부족할 때는 고양이 손이라도 빌린다고 했던가. 더러는 농사일이 서툰 나에게 도와달라고 호출을 한다.

찬바람이 부는 겨울이지만 하우스에는 벌써 고추가 달린다. 가을걷이 끝나기가 무섭게 밭을 갈아 정식(모종)을 한다. 고추의 종류도 여러 가지다. 꼬불꼬불 꽈리고추, 하나만 먹어도 눈물을 쏙 빼는 청양고추, 늘씬하게 쭉 빠진 일반고추, 아삭아삭 감칠맛의 오이고추 등, 그 맛과 식감이 조금씩 다르다.

몇 해 전에 시숙은 오이고추 개발에 성공했다. 오이고추가 흔하지 않은 시절이었던 터라 작업실에 들어선 나는 눈이 휘둥그레졌다. 처음 보는 커다란 고추를 보고 시숙에게 한마디 한 게 화근이 되었다.

"아주버님, 고추가 왜 이렇게 커요?"

고추를 만지작거리는데 갑자기 일을 하던 일꾼들이 작업실이 떠나갈 듯 웃어댔다. 무슨 영문인지 시숙도 얼굴을 붉히며 밖으로 나가버렸다. 내가 뭘 실수했는지 한참 후에야 깨달았다. 말이란 하는 사람도 잘해야 되겠지만 듣는 사람도 잘 들어야 한다.

농사란 것이 늘 풍작이면 무슨 걱정일까. 지난날, 큰집은 영지버섯 수확이 저조하여 내리막길을 걸었다. 그 실패의 경험과 쓴맛의 고배로 노하우가 생긴 것일까. 지금은 따뜻한 양지쪽이다. 현재는 신종 오이 개발에 힘쓰고 있는데 혹시 야릇하게 생긴 물건이 나오지 않을까 심히 걱정이다.

큰집에 다다라 하우스 문을 연다. 형님이 반갑게 맞이한다. 일꾼들은 밭고랑마다 작업에 여념이 없다. 한겨울 하우스에는 사계가 공존한다. 영하의 날씨에도 들어서면 금방은 따뜻한 봄이고, 한두 시간 일을 하다 보면 온몸이 땀범벅이 된다. 더위를 식히려고 하우스 천장을 걷어 올리면 바람으로 인해 상쾌한 가을이다.

작업장에 들어온 지 서너 시간이 지나자 온몸이 땀이다. 고추를 따는 손길이 멈칫한다. 돌연변이 고추가 몸을 쳐들고 하늘로 솟아있다. 정도를 벗어난 고추는 모양도 정상일 리가 없다. 따야 하나 말아야 하나.

"아주버님, 고추가 하늘로 올라가네요. 딸까요, 말까요?"

하우스 속 일꾼들이 자지러진다.

두껍하니 괜찮다

신장수술을 했다. 회복기간이 꽤 오래 걸려 장기간 입원을 했다. 유난히 통증이 심한 밤이 지나고 아침을 맞았다. 링거 줄이 주렁주렁 팔을 휘감고 있어 마음대로 움직일 수도 없었다. 햇살이 창가에 앉았다. 머리맡에 둔 휴대폰이 울렸다. 문학교실의 선생님이 병문안을 오겠다는 전화였다.

엉거주춤 자리를 털고 일어났다. 손거울에 비친 민얼굴에 병색이 완연하다. 세수도 하지 않은 얼굴을 보여 주기가 민망해 물티슈를 몇 장 뽑아 아쉬운 대로 얼굴을 닦았다. 얼굴이 한결 깨끗해진 느낌이다.

잠시 후 병실을 들어선 선생님은 몇 날을 먹는 둥 마는 둥 한 나에게 대뜸 "두껍하니 괜찮네."라고 말씀을 하신다. 몸이 많이 상하지 않아 다행이라는 뜻일 게다. 나는 몸피도 두꺼운 데다가 볼살도 많아 며칠 먹지 않아도 표가 나지 않는다. 수술을 하고 여러 날을 고생했으니 좀 홀쭉하다고 할 줄 알았다. 언제쯤이면 야위었다는 소리를 들을 수 있을까. 아마도 내 생전에는 불가능할 것 같다. 그 수난을 겪었는데 아직도 두껍하다니! 병문안을 오신 건지 부아를 돋우러 오신 건지 모를 일이다.

선생님과 이야기를 나누는데 혈액검사를 받으러 가라고 간호사가 알려준다. 폴대를 밀고 나오는데 선생님도 뒤따라오시며 검사 받는 것만 보고 가겠다고 하신다. 두꺼운 사람의 피는 검은 피라도 나올 것 같은지 옆에 딱 붙어서 움직이지 않으신다. 소매를 걷어 올리는데 또 한소리 하신다.

"어이구! 팔뚝도 실하네. 두껍하니 됐다."

피를 보고도 애처로움은 아예 없고 더 빼야 되지 않나 하는 표정이라니!

마르고 허약한 체질의 사람이 부러울 때가 더러 있다. 그런 사람은 며칠만 입원을 해도 퀭하니 눈이 들어가고, 주위 사람들로 하여금 동정심을 부른다. 배부르게 먹고도 피죽

한 그릇 못 먹은 사람 꼴이라니! 사람은 모름지기 몸피가 두꺼워야 한다.

혈액검사가 끝나고 병실로 돌아오는 복도에서 선생님은 몸조리 잘 하라는 말을 남기고 엘리베이터에 타신다. 침대에 오르려는데 예쁜 보자기가 눈에 띈다. 풀어 보니 갓 삶은 밤과 땅콩이 소복하다. 밤 한 톨 입에 갖다 대는데 갑자기 눈물이 핑 돈다. 오죽 못났으면 병실에서 스승의 도시락을 받을까.

간호사가 들어오더니 혈압도 체온도 모두 정상이라고 한다. 앞에 놓인 밤을 간호사에게 쥐어준다.

"간호사님, 두껍하니 밤이 참 잘 생겼지요?"

내가 그중에서 가장 실하게 생긴 밤을 들어보이자 간호사가 대답한다.

"삶았어도 튼실한 게 꼭 환자분을 닮았네요."

그도 웃고 나도 웃었다.

두껍한 여자가 두껍한 밤을 입에 넣는다.

누드 돼지

현관문을 여는데 남편이 돼지 쿠션을 가슴에 안고 있다. 털을 홀라당 벗은 누드 돼지다. 귀엽기도 하고 징그럽기도 하다. 상가에는 예쁜 쿠션들이 많은데 왜 하필이면 돼지를 사왔을까. 그 심사가 몹시 궁금하다.

두루뭉술하고 통통했던 누드 돼지는 집에 온 지 한 달도 되지 않아 살이 제법 빠졌다. 돼지는 돼지다워야 제멋인데 주인을 잘 못 만났음이다. 엎드려서 책을 읽을 때에는 가슴에 깔리고, 잠시 낮잠을 잘 때에도 베개로 짓눌린다. 가끔씩 나의 육중한 다리까지 감당했으니 당연한 일인지도 모른다. 오동통한 본래의 모습은 간데없고 콩깍지마냥 볼품 없다.

어느 날, 잠자리에 든 남편이 홀쭉한 돼지를 보더니 우스갯소리로 한마디 한다.

"누드는 다이어트도 잘하네! 엄마는 언제 너처럼 날씬해지려나."

말 속에 가시가 있다. 돼지띠 남편이 비아냥거리며 내 눈치를 본다. 나는 콧방귀를 뀌며 어느새 깊은 잠에 빠진다. 새벽녘. 화장실에 가려는데 해괴한 광경이 눈앞에 있다. 잠옷 단추가 배시시 열려 있고, 누드 돼지가 내 가슴에 안겨있다. 남편의 범행이다. 째려보지만 한밤중인 그가 알 리가 만무하다. 같잖아서 웃음이 나다가도 부아가 치민다.

아침밥이 달라졌다. 김치와 콩나물, 식은 밥이 어우러진 일명 꿀꿀이죽이 식탁에 올랐다. 밥상머리에 앉은 남편의 눈이 휘둥그레진다. 누드 돼지를 식탁 한쪽에 폼 나게 앉혔다. 그릇 옆에 수저를 놓는데 남편은 거들떠보지도 않는다. 나는 보란 듯이 맛있게 먹는다. 어이가 없는지 남편이 한마디 한다.

"당신 아침부터 왜 이래. 돼지죽도 아니고~."

남편의 말이 끝나기가 무섭게 직격타를 날린다.

"돼지엄마가 돼지죽 먹는데 뭐가 문제야." 상황을 전해들은 아들이 배를 잡고 웃는다.

"아버지 그럼 저도 돼지네요."

남편이 머쓱해 하며 머리를 긁적인다. 돼지 가족의 아침 식사가 시작된다. 식탁 위 막내 누드가 빙그레 웃는다.

성난 황소

집에서 아들과 영화 한 편을 본다. 제목은 마동석(동철) 주연의 〈성난 황소〉다. 보기에도 먹음직스러운 킹크랩이 화면에 클로즈업된다.

동철은 아내의 생일날 킹크랩 식당을 예약하고 분위기를 잡는다. 그녀는 툭하면 사기 당하는 동철을 믿지 못한다. 킹크랩 선박계약으로 또 일을 저지른 동철에게 실망을 한다. 킹크랩이 눈에 들어올 리 없는 그녀는 자리를 박차고 거리로 뛰쳐나간다. 지나친 포부로 실패를 거듭하는 동철에게 아내는 욕심내지 말고 평범하게 살자고 부탁하지만 사업에 도전하는 야망은 쉽게 접어지지 않는다. 결국, 가압

류가 들어오고 조폭과 접촉사고로 엮이면서 그녀는 인신매매단 조폭들에게 납치된다. 아내의 행방이 묘연해지자 동철의 눈에는 불꽃이 튄다. 아무래도 조폭들이 황소(동철)를 잘못 건드린 것 같다.

동철은 눈부신 활약으로 조폭들을 처단하고 아내도 구한다. 영화의 끝자락에 사기를 당한 줄만 알았던 킹크랩 사업도 대성을 이룬다. 고층 빌딩에 킹크랩이 그려진 대형 간판이 걸린다. 동철은 의젓한 황소걸음으로 아내와 팔짱을 끼고 자신의 영업장에서 폼 나게 킹크랩을 먹는다. 그들의 환한 미소와 함께 영화는 해피 엔딩으로 끝난다.

아들은 영화가 끝나자 약속 때문에 외출을 한다. 잔잔한 감동 속에 뭔가 입안이 허전하다. 눈앞에 킹크랩이 왔다갔다 아른거린다.

몇 시간이 지났을까. 아들이 전화를 했다.

"어머니, 킹크랩 사 갈까요?"

이게 웬 떡인가. 시원하게 영화 한 편 잘 보고, 킹크랩까지 맛보게 되었으니. 어젯밤에 꾼 희미한 돼지꿈이 효력이 있나 보다. 아들이 박스를 하나 들고 현관문을 들어선다. 나는 그것을 낚아채듯 박스를 풀어헤친다. 그런데 잡다한 생필품만 가득하고 어디에도 킹크랩은 보이지 않는다. 고개를 갸우뚱거리니 아들이 웃으며 그곳에서 과자와 라면을 찾아낸다. 과자는 '꽃게랑' 이고 라면은 '꽃게탕' 이다. 아들이 사기를 친다. 나는 성난 황소가 되어 아들은 노려본다.

'못된 것은 금방 배우는구나.'

착각은 자유

나는 단체사진을 찍을 때 가급적이면 중간에 서지 않는다. 큰 덩치 때문이다. 앞줄이면 주로 끝자리를 선호한다. 신체의 일부분을 옆 사람 뒤로 살짝 가리면 어지간히 큰 사람도 그런대로 볼만하다. 이것을 터득하기까지 나름 오랜 시간이 걸렸다.

사진이 예쁘게 나오려면 큰 사람은 표준형인 사람의 옆자리는 피하는 게 좋다. 그들의 모습은 가만히 있어도 큰 사람의 영향을 받아 멋있게 나오지만, 본인은 그들로 인해 더 뚱뚱하게 보이기도 한다.

언젠가 산을 오르다가 사진을 찍었다. 여느 때와 같이 단체의 끝줄에서 폼을 잡고 섰었는데, 뜻하지 않은 참사를 당했다. 행사를 마무리하고 휴대폰으로 전송된 사진을 보니 내 몸의 반쪽이 어디로 갔는지 보이지 않는다. 사고는 일상에서만 있는 게 아니었다. 사진사가 나의 몸을 카메라에 반쪽만 넣고 나머지 반쪽은 감쪽같이 잘라 먹은 것이다. 끝자리로 밀려난 것만으로도 억울한데 분통이 터졌다. 부모님도 손 한 번 대지 않은 몸에 그는 실수랍시고 가끔씩 칼질을 해댄다. 나는 사진사의 뒤를 따라가며 내 반쪽 돌려 달라고 귀찮게 했다. 그는 빙그레 웃고는 다음 단체사진 찍을 때 잊지 않고 돌려주겠다며 줄행랑을 친다.

몇 해 전에는 문학기행에서 어쩌다 보니 앞줄의 중간에 서게 되었다. 큰 사람이 중간에 떡 버티고 서 있으니 양옆에 있던 회원들이 갑갑했던 모양이었다. 나더러 뒷자리로 가든지 끝자리로 가든지 하라는 눈치였다. 그러는 지네들의 몸매도 여성의 곡선을 잃어버렸건만 착각은 자유인지라 나는 아무 말 없이 끝자리로 물러났다. 나는 사진 찍기 몇 초 전에 아랫배에 힘을 가하여 나온 배를 당겨 넣었다. 그리고 몸의 일부를 옆 사람 뒤로 살짝 감추며 손을 들어 V자를 그리는 여유까지 부렸다. 기행이 끝나고 카페에 사진이 올라왔다. 그런데 이게 웬일인가. 나를 끝자리로 몰아낸 회원들은 육만 평이요 나는 삼만 평이었다. 나를 원래 그 자리에 두었으면 지네들이 훨씬 돋보였을 텐데 하나는 알고 둘은 모른다.

하루는 PC로 사진을 보고 있는데 내가 단체사진을 클릭할 때마다 아들이 등 뒤에서 재빨리 나를 찾아낸다. 착각은 자유라 했던가. 마음속으로 내가 훤하게 잘 생겨서 빨리 찾나 보다 하고 생각했다. 아들에게 어떻게 그리 빨리 찾느냐고 물었더니 사정없이 찬물을 확 끼얹는다.

"그중에서 제일 큰 사람만 찾으면 되잖아요!"

아~ 차라리 묻지 말 것을.

찜질방 풍경

때 밀던 목욕 문화가 멀어지고, 다양한 사우나와 찜질방이 대세다. 집 근처 찜질방에는 헬스장까지 갖추어져 있어 시간이 여유로울 때에는 운동도 하며 휴식을 취한다.

운동을 가려는데 친구에게서 전화가 온다. 찜질방에 있으니 시간이 되면 오라고 한다. 샤워를 마치고 찜질방으로 올라간다. 많은 사람들이 같은 찜질복을 입고 있어 친구를 금방 찾을 수가 없다. 살얼음이 동동 뜬 감주를 먹는 사람, 코를 드르릉 골며 입 벌리고 자는 사람도 보인다. 찜질을 좋아하는 사람들은 이곳에서 모임을 하기도 한다.

두리번거리며 서 있는데 친구가 내 곁으로 다가온다. 오랜 세월 여행을 함께한 허물없는 사이다. 잠이 들어 몇 분이 지나면 코를 고는지도 안다. 친구 사이에도 궁합이 있다고 했던가. 코 고는 소리마저 자장가로 들린다면 천생연분이 아니겠는가.

대나무를 잘라 촘촘하게 엮어 벽면을 빼곡히 채운 대나무 수면실로 들어간다. 나란히 몸을 눕히니 언젠가 여행길에 들렀던 태화강변 대숲이 머리를 스친다. 사시사철 푸른 죽림은 계절마다 몸을 부대끼는 소리도 달랐다. 향긋한 꽃바람이 불면 부드러운 몸짓으로 서로를 애무하다가도 태풍이 몰아치면 서로의 몸에 상처를 내기도 한다. 우리네 삶 또한 폭풍이 없을 수 없다. 늘 순풍만 분다면 사는 게 무슨 낙이 있겠는가.

친구가 편히 쉬지 못하고 자꾸만 몸을 뒤척인다. 매점에서 감주를 주문한다. 그녀가 꾹 다문 입을 연다. 남편과 다투었는데 집에 있으면 상태가 심각해질 것 같아서 무작정 밖으로 나왔다고 한다. 황토방과 옥돌방에서도 아줌마들이 속풀이를 하고 있다.

밤은 깊어가는데 친구는 갈 생각을 않는다. 시계를 가리키며 그녀의 옆구리를 쿡 찌른다. 그제야 휴대폰을 본다. 남편의 문자를 확인한 친구의 얼굴이 금세 밝아진다. 그리고 남편이 보낸 문자를 보여준다.

'당신 기다리다가 밖으로 마중 나왔어. 자기 좋아하는 붕어빵 샀는데 왜 아직 안 오는 거야.'

거리로 나오니 가로등 불빛이 졸고 있다. 불빛 아래로 모자를 눌러 쓴 여자가 찜질방으로 들어가는 것을 보며 친구와 헤어진다. 집으로 돌아오니 무심한 남편은 마누라가 오지도 않았는데 한밤중이다. 관심이 없는 건지 믿는 구석이 있는 건지, 죄 없는 남편의 엉덩이를 발로 툭 찬다.

따끈한 붕어빵이 먹고 싶다.

정말 싫은 것

살면서 내가 좋아하는 것만 보고, 할 수는 없다. 더러는 싫어하는 것도 해야 할 때가 있다.

잠에서 깨어나 헝클어진 머리를 쓰다듬는다. 하지만 한 번 베개에 짓눌려 멋대로 뻗친 머리는 제자리로 돌아올 줄을 모른다. 드라이기로 눌려 놓으면 잠깐은 점잖게 있다가 어느 순간 벌떡 일어나 사람 속을 뒤집는다. 그게 어디 머리뿐이겠는가. 별나게 모로 눕고 엎드려서 잠든 날은 얼굴에 도랑이 생기기도 한다.

평상시 부자父子에게 쓰레기 분리수거를 해달라고 입에 침이 마르도록 당부를 했다. 어느 날 외출에서 돌아오니 주방 한쪽의 쓰레기통이 난잡하다. 빈 캔과 과자봉지, 먹다 버린 음식이 뒤죽박죽 엉키어 나의 손을 기다리지만, 내가 하기 싫은 것 중의 하나이다.

화장실로 들어간다. 변기에 앉자마자 또 신경이 곤두선다. 왜 남자들을 서서 오줌을 누게 만들었는지 조물주에게 항의하고 싶다. 나의 엉덩이가 오물에 젖어 축축하다. 한두 번이 아니니 참는 것도 한계가 있다. 화장실에서 난리를 치며 샤워를 한다. 밖으로 나오니 부자는 어디로 달아났는지 간 곳이 없고, 밤이 이슥해서야 집으로 들어온다. 내가 싫은 것들을 지네들은 하기 좋을까. 쓰레기통은 아들 손에 들려 밖으로 보내고, 남편에게는 변기 위에 앉아보라고 채근한다.

백문불여일견百聞不如一見이라 하지 않았던가. 수십 번을 말해도 안 되니 똑같이 겪어 봐야 그 심정을 알 것이다. 남편은 봐 달라고 또 건성건성 얘기한다. 당신이 안 하면 아들이 해야 된다고 말하니 쭈뼛거리며 변기에 앉는다. 그래도 아버지라고 아들에게 그 일을 시키고 싶지 않는 모양이다. 아들이 빈 휴지통을 들고 안으로 들어온다. 남편이 그제야 잘못했노라며 화장실 문을 '쾅' 하고 닫는다. 한바탕 소동이 끝났다. 부자는 내 눈치를 살피며 잠결에 뻗친 머리마냥 제자리를 못 찾고 엉거주춤 거실에 서 있다. 말로 할 때 들을 것이지.

부자는 출근 준비로 바쁘다. 남편이 화장실 앞에서 아들에게 무언가를 속삭인다. 나는 안 보는 척 가자미눈으로 힐끔거린다. 계란이 맛있게 익어간다. 접시를 비운 부자가 양치질을 하려는지 욕실로 들어간다.

"다녀오겠습니다."

그들이 빠져 나간 거실이 횅하다. 청소기를 돌리고, 욕실로 들어가니 눈이 휘둥그레진다. 변기에 화사한 꽃무늬 커버를 씌워두었다. 상심했던 마음이 조금 풀어져 변기에 앉아본다. 그런대로 기분이 괜찮은 아침이다.

신명난 탈출

신명난 탈출을 한다. 드럼교실에 가는 길이다. 스틱을 잡으면 쌓였던 스트레스가 단숨에 날아간다. 하고 싶은 것을 할 때가 가장 즐겁고 행복하지만, 그냥 이루어지는 것은 하나도 없다. 배움의 길에도 인내와 끈기가 필요하다. 그것도 수련이 필요한 악기라면 말하여 무엇하겠는가.

연습실에 들어간다. 회원들이 벌써 드럼 패드를 놓고 두드리고 있다. 드럼은 온몸을 움직여 연주하기에 더욱 신이 난다. 그 소리의 울림도 웅장하여 지붕이 날아갈듯 요란하다. 무식이 용감하다고 했던가. 악보도 익히지 않고 무작정 달려들었으니 배짱 한번 두둑하다.

드럼 수업 첫날, 엘리베이터 앞에서 중년의 신사가 무슨 악기를 하느냐고 물었다. 드럼을 한다고 했더니 그가 쉽게 말했다. 드럼은 막대기 두 개로 마구 두들기기만 하면 되는 것이 아니냐고. 천만의 말씀이다. 드럼도 우리네 삶처럼 악보를 눈으로 익히면서 달랠 때는 달래고, 몰아칠 땐 몰아치며 요령껏 두들겨야 한다.

연습용 패드만 치다가 드럼박스에 앉았다. 처음부터 멋있는 자세가 나올 리 만무하다. 악기와 친하지 못하고 말다툼한 부부처럼 껄끄럽다. 강사가 다가와 자세를 교정시켜준다. 목만 돌리라는데 몸까지 왜 돌아가는가. 손도 발도 제 리듬을 찾지 못한다. 오선 위에 그려진 악보를 무시하고 멋대로 널뛰더니 급기야는 얼토당토않은 자작곡을 만든다. 무슨 악기든 채워진 울림이 있어야 하거늘, 빈 깡통처럼 소리만 요란하다.

자꾸만 헛손질이다. 손으로 쳐야 할 때는 발로 두드리고, 발로 쳐야 할 때에는 손으로 두드린다. 박자도 제대로 못 맞추면서 겉멋만 잔뜩 들었다. 나름대로 리듬을 살리며 고개를 마구 흔들었더니 회원들이 자꾸만 웃는다. 지네들은 처음부터 잘했던가. 개구리 올챙이 시절을 잊었음이다. 첫술에 배부르랴. 나는 개의치 않고 재도전을 한다. 산울림의

'꼬마야' 를 신명나게 두드린다. 리듬이 살아난다. 음절 마디마다 꼬마가 달려 나와 웃고 있다.

'꼬마야 꽃신 신고 강가에나 나가 보렴
오늘 밤엔 민들레 달빛 춤출 텐데
너는 들리니 바람에 묻어오는 고향빛 노랫소리
그건 아마도 불빛처럼 예쁜 마음일거야'

강가에서 걸음마 하던 꼬마가 서서히 걷는다. 차츰 속력을 내어 뛰어도 본다. 쿵쾅대는 그 울림에 가슴이 달아오른다. 나도 모르게 온몸이 리듬을 탄다. 언젠가는 별빛 쏟아지는 강가에서 신명나게 춤추는 날도 오리니.

드럼은 내게 신명난 탈출이다.

호박에 줄 긋기

아침이면 거울 쟁탈전이 벌어진다. 그 쟁탈전은 주말이면 더욱 심하다. 가족이 한꺼번에 외출을 할 때에는 거울 앞에서 세 사람이 법석을 떤다. 세면실에도 거울이 있건만 꼭 내가 사용하는 화장대 앞에서만 난리다.

남편과 아들의 머리는 직모다. 일자로 뻗은 머리는 아무리 드라이를 해도 원하는 웨이브가 잘 나오지 않는다. 그나마 아들은 퍼마를 하여 머리 손질이 어렵지 않다.

아들이 거울 앞에 섰다. 바람으로 말리기만 해도 균형이 잡힌다. 스프레이까지 살짝 뿌린 아들은 나를 돌아보고는 '잘 생겼지요?' 한다. 고슴도치도 제 새끼는 예뻐한다고 했던가. 엄지를 치켜 주었더니 싱글벙글거린다.

남편이 드라이기를 잡는다. 다림질을 한 듯 달라붙은 머리를 위로 세우다가 아래로 쓸어주고, 옆으로 밀어 붙이기를 여러 번 한다. 드라이기 바람이 강해 머리가 날아오르면 더러는 빗으로 꾹 눌러 죽이기도 하지만, 좀처럼 자신이 원하는 스타일이 나오지 않는지 투덜거린다.

비 내리는 어느 날, 귀가하는 남편의 머리가 젖어 물에 빠진 생쥐 꼴이었다. 그 몰골은 출근할 때 모습이 아니었다. 현관문을 들어서는 그에게 '누구십니까?' 라고 놀리면서 약을 올렸다. 남편은 시큰둥한 표정으로 변함없는 내 머리를 힐끔거렸다. 이리 빗어도 넘어가고 저리 쓰다듬어도 순응하는 나의 곱슬머리를 지조 없다고 하면서도 내심 부러운 눈치다.

"아버지도 저처럼 파마를 하시죠?"

외출을 하려던 아들이 아직도 드라이기를 들고 씨름하는 남편을 보며 말하자 대답이 걸작이다.

"호박에 줄 긋는다고 수박이 될까."

그렇다고 말로 뒤질 아들이 아니다.

"요즘 개량종 호박이 얼마나 예쁜데요."

누구 아들인지 말 한번 참하게 한다.

선녀와 나무꾼

몇 해 전에 친구들과 속리산 숲길을 걸었다. 한참을 가다 보니 온몸이 땀에 젖어 계곡을 찾았다. 그날따라 인적도 드물어 우리는 속옷만 걸친 채 물 속으로 들어갔다. 꽃잎을 따서 물에 띄우고, 가져온 과일을 던지며 수중 스포츠도 즐겼다.

사방이 녹음으로 가려져 아무도 보는 사람이 없는 줄 알았다. 그런데 그게 아니었다. 무성한 숲도 하늘을 다 가리지는 못했다. 친구가 갑자기 몸을 감싸며 비명을 질렀다. 눈길로 계곡을 따라 갔더니 배낭을 멘 남자들이 이곳을 쳐다보고 있었다.

우리는 마음이 급했다. 미처 수건으로 몸의 물기를 닦을 겨를도 없이 던져 놓은 옷을 주섬주섬 입기 시작했다. 하지만 물에 젖은 몸이 옷을 제대로 받아줄 리 만무했다. 얇은 옷은 팔에 착 달라붙어 요지부동이었고, 바지는 무릎까지 올라오는데 시간이 걸렸다. 옷을 대충 입고 고개를 드니 벌써 남자들은 우리가 내려 온 계곡길을 올라가고 있었다. 부끄러워 고개를 돌린 채 애꿎은 돌멩이만 물속으로 던졌다. 길을 가던 남자가 기어이 한마디를 했다.

"선녀님들! 목욕 많이 하시고, 해 지기 전에 빨리 승천하소서."

하늘로 올라가라 함은 해가 지면 위험하니 집으로 돌아가라는 고마운 소리였으리라. 하지만 고맙게만 들리지 않음은 무슨 심사일까.

'지네들도 옷 훔쳐 갈 생각 없이 지나치면서 해가 지면 어떠하고, 해가 뜬들 어떠하리.'

추고마비

삼복더위가 꽁지를 내렸다. 열린 베란다 문틈으로 불어오는 바람이 상쾌하다. 잠에서 깨어난 남편이 습관적으로 TV를 켠다. 뉴스 시간이다. 일기예보의 기상 캐스터가 말하는 '활동하기 좋은 날씨' 가 남편을 솔깃하게 한 모양이다.

식사준비를 하려고 일어나는데, 남편이 나의 손을 끌어당기며 "하기 좋은 날씨라는데~." 은근하게 몸을 밀착해온다. 나는 손을 뿌리치며 아침부터 무슨 짓이냐고 '활동하기 좋은 날씨' 에 부엌일이나 좀 거들라고 너스레를 떤다. 기지개를 켜며 베란다 창밖을 내다보니 가을하늘이 한층

드높다. 하늘은 높고 말은 살찐다는 천고마비天高馬肥의 원말은 추고새마비秋高塞馬肥로 당나라 초기의 시인 두심언杜審言의 시에서 나왔다고 한다. 그는 진晉나라의 명장이고 학자였던 두예杜預의 자손이다. 추고새마비가 줄어서 추고마비秋高馬肥가 되었는데, 한국에서는 추고마비보다 천고마비라는 말을 일반적으로 많이 사용하고 있다. 식사준비를 하며 슬쩍 남편의 표정을 살핀다. 입을 쑥 내민 채 애꿎은 TV 볼륨만 자꾸 높인다. 밥상을 남편의 코앞에 들이댄다. 남편은 요동도 없이 시큰둥하다. 이번에는 옆구리를 쿡쿡 찔러본다. 생굴전 접시를 슬그머니 밀어준다. 희대의 정력가로 유명한 네로, 카사노바, 나폴레옹도 굴을 즐겨 먹었다는 설이 있지 않은가. 남편은 가자미눈으로 힐끗 보더니 벌떡 일어나 현관문을 열고 나가 버린다. 땅거미가 지고, 남편에게 전화를 건다.

"저녁에 일찍 들어오세요. 굴전 데워 놓을게요."

휴대폰 속의 남편은 대답이 없다. '추고마비는 저 혼자 하는 건가?' 어느새 나의 손은 냉장고 문을 열고 있다.

아늑한 카페에서 바리스타의 꿈이 실현되는 그날을 위해 우리들은 잔을 높이 들며 건배를 외친다. 커피는 뜨거우면 다 보이고, 식으면 진짜만 보인다. 사람도 커피도 식어서도 좋은 느낌을 주는 게 진짜다. 커피는 삶의 여백이고 향기이다.

3부
도서관 풍경

도서관 풍경

매주 화요일은 절에 있는 도서관으로 봉사를 가는 날이다. 흩어진 책들을 모아 정리하고, 도서관을 이용하는 사람들에게 안내와 차 대접을 한다. 이용자는 불자들이 태반이며 남녀노소 연령도 다양하다.

하늘법당으로 오르니 선방 입구에 벗어 놓은 신발이 제멋대로 나뒹군다. 신발을 정리하고, 하늘을 올려다보니 솟은 불상 위로 참새들이 떼를 지어 날아간다. 서쪽 하늘이 붉게 물든다. 해넘이가 시작되는 시각에 하늘법당 정자에서는 머리가 희끗한 어르신이 불경을 외우고 있다.

“어르신 날씨가 많이 쌀쌀합니다. 안으로 들어가시지

요?"

책장을 한참 넘기더니 혼잣말처럼 말씀하신다.

"오늘은 노천에서 공부하다가 가야겠습니다. 도서관의 글동무도 며칠 전에 저세상으로 가셨다니 허망하기 이를 데 없습니다."

빈자리가 눈에 밟히더니 글동무 어르신이 저세상으로 가신 것이다. 지병이 있었다고 한다. 마음이 짠하다. 하늘법당으로 오르신 어르신은 잠시 묵상을 한다. 연못의 푸르던 잎도 윤기를 잃어간다. 대불 뒤로 석양이 붉다.

도서관 문 닫을 시간이 임박하자 정자의 어르신도 가방을 챙긴다. 도서관 안으로 들어오니 풍채도 넉넉한 낯선 어르신이 고인의 빈자리를 차지하고 있다. 글동무를 잃은 어르신의 눈이 빛난다. 그는 살갑게 다가가 인사를 한다.

"반갑습니다. 저하고 오래도록 공부합시다."

그도 웃으며 어르신과 손을 잡는다. 찻잔을 준비하는 손끝에 힘이 솟는다. 처음 온 그에게 서적 안내와 도서관 시설 이용에 대해 설명을 한다.

내려오는 엘리베이터 안에서 어르신이 새 벗과 환하게 웃고 있다.

커피이야기

바리스타 자격증 시험이 코앞이다. 시작이 반이라더니 벌써 수강도 끝자락이다. 인스턴트커피에 길들여진 입맛이 핸드드립 실습을 통한 커피 시연 후 다양한 향과 맛을 음미할 수 있게 바뀌었다. 커피는 추출 시간과 물의 온도, 내리는 시간에 따라 맛이 달라진다. 또한 바리스타에 따라서도 다르다. 향미의 느낌도 개인의 성향에 따라 다양한 표현이 나온다. 사람들이 커피를 언제 어디서부터 먹기 시작했는지에 대한 기록이나 증거는 확실하지 않다. 단지 전해져 내려오는 여러 전설들을 통합해 보면 6세기 아프리카의 에티오피아 고원에서 목동 '칼디'가 붉은 열매를 발견했으며,

우리나라에 커피가 들어온 시기는 1890년 전후로 추정된다.

을미사변 때 고종황제가 러시아 공사관으로 피신했을 때의 일이다. 러시아의 공사 베베르가 고종과 담소를 나누며 커피를 권했는데, 커피에 맛을 들인 고종은 환궁 후에도 덕수궁에 '정관헌' 이라는 서양식 집을 짓고 그곳에서 커피를 즐기곤 했다.

우리나라에서 커피의 대중화는 6.25전쟁 이후로, 미군부대에서 흘러나온 불법 외제품이 막대한 외화 유출을 초래하였다. 동서식품이 국내 최초로 인스턴트커피를 생산하여 평범한 도시인들의 휴식공간으로 다방문화가 자리 잡았다. 1980년대에 들어서면서 외식산업의 성장으로 원두커피가 들어와 커피에 대한 소비자의 인식이 바뀌는 계기가 되었으며, 90년대 후반부터 론칭한 스타벅스(Starbucks), 시애틀베스트(Seattlebest coffee)와 커피빈(Coffeebean) 등, 다국적 외국브랜드가 국내에 진입했다. 커피산업의 양적인 성장은 커피를 전문적으로 추출하고 서비스하는 바리스타(Barista)라는 직업으로 나타나고 있으며, 이로 이해 산지별 커피콩에 대한 다양한 지식의 전문가가 탄생하게 되었다. 자격증 시험을 보는 날이다. 부드럽고 감미로운 칼리타드

립 시연으로 합격을 했다. 커피든 음식이든 정성과 마음이 함축된 적당한 온도가 그 맛을 좌우한다. 심사위원의 입맛에 내가 내린 커피가 크게 나쁘지 않았는지 고개를 끄덕인다. 맛과 향의 느낌을 간추려 적은 카드를 내민다. 심사위원은 합격의 방망이를 두드린다.

'가을 길을 거닐며 달콤한 초콜릿을 먹습니다. 낙엽 타는 냄새에 옛 친구가 그립습니다.' 달콤한 초콜릿은 커피 맛이요, 낙엽 타는 냄새는 향이다. 친구는 그 느낌을 설명한 것이다. 커피 수강이 끝났다. 수강생 대표로 수고하신 강사에게 꽃다발을 전한다. 박수를 받은 강사가 한마디한다.

"바리스타 여러분! 커피는 마음과 손끝에서 우러나는 사랑입니다. 커피를 내릴 때에는 정성이 담긴 따뜻한 가슴으로 마음을 담으시기 바랍니다. 그리고 무엇보다 자신만의 커피향을 찾으시기 바랍니다." 아늑한 카페에서 바리스타의 꿈이 실현되는 그날을 위해 우리들은 잔을 높이 들며 건배를 외친다. 커피는 뜨거우면 다 보이고, 식으면 진짜만 보인다. 사람도 커피도 식어서도 좋은 느낌을 주는 게 진짜다. 커피는 삶의 여백이고 향기이다.

주저리주저리

식품 대리점을 하는 친구의 부재로 가게를 며칠 봐주게 되었다. 물품 주문을 받으면 장부에 기재를 하고, 오는 상인들에게 원하는 물건을 내어주며 계산을 하는 일이다.

가게 문을 열자마자 구름 떼처럼 상인들이 몰려든다. 물건을 주문하는 방식도 다양하다. 눈코 뜰 새 없이 바쁜 시간에 버들처럼 늘어진 남자가 가게로 들어온다. 외향적으로는 점잖고 편안하게 보이는 인상이다. 그런데 주문방법이 특이하다. 자신이 필요한 물건의 종류와 개수만 이야기하면 될 것을 필요치도 않은 말이 주저리주저리 그리도 많은지, 속에서 울화가 치민다. 수필로 비유한다면 주제는 없고 군더더기만 난무하다.

날씨도 흐린데 얼음 한 포대까지는 필요치 않겠지요? 두부는 얼마나 가져가면 후회가 없을까요? 이런 식이다. 남자가 선 뒷줄에는 상인들이 바쁘다고 아우성인데 자꾸만 딴청만 늘어놓는다. 보다 못해 끝내 한마디를 한다.

"사장님, 바쁜 시간입니다. 필요한 물품의 개수는 본인이 판단하셔야 됩니다. 다시 생각해 보시고 결정이 되면 말씀해 주십시오."

바로 뒷사람에게 눈길을 돌린다. 그런데 뒷사람은 앞사람과는 주문방법이 달라도 너무 다르다. 얼음 한 포대, 두부 3판, 떡국 5봉지를 '얼한두삼떡오' 라며 한 방에 끝내버린다. 주문을 받을 때 알아야 할 몇 가지를 친구에게 듣지 않았다면 당황할 수밖에 없는 상황이다. 수필로 말하면 주제만 있고, 미사여구로 적당한 양념이 없으니 삭막하기가 그지없다.

다음 상인이 또 주문을 넣는다.

"안녕하십니까? 하늘이 맑습니다. 사장님 친구분이라지요? 수고 많으십니다. 청국장 3봉지, 두부 3판, 콩나물 2박스 주시면 되겠습니다."

물품을 건네기도 전에 물건값을 봉투에 넣어서 준다. 사려가 깊은 상인이다. 주제도 소재도 감성도 두루 갖춘 완성도 있는 수필이라 하겠다.

줄지은 상인들이 하나둘 가게를 벗어난다. 마지막으로 주저리주저리 하던 남자가 다시 주문을 넣는다. 한쪽에서 사람들이 주문을 하는 모습도 보았을진대 달라진 게 하나도 없다. 말투도 느릿느릿 행동도 매한가지다. 하는 말이 가관이다.

"다른 사람들도 얼음 한 포대 가지고 가네요. 나도 얼음 한 포대 주세요."

그럼 다른 사람이 얼음 열 포대를 가지고 가면 자기도 그렇게 할 것인가. 이 사람이 수필을 쓴다면 남이 쓴 글을 모방할 위험이 다분하다. 내 주관이 없으니 자신의 글을 쓰기란 힘들 것이다.

며칠간 친구의 일터에서 또 다른 삶의 일면을 본다. 이른 아침부터 활어처럼 팔딱이며 자신의 삶을 열심히 살아가는 그들에게 박수를 보낸다. 어질러진 가게를 정리하는데 친구에게서 전화가 온다.

"주문 잘 받았어?"

나는 사장이라도 된 듯 어깨를 으쓱하며 기분 좋게 오케이를 연발한다.

송나, 내 손을 잡아요

다문화 일촌모임에서 맺은 딸, 송나가 출산을 했다. 귀여운 왕자님이다. 아침 일찍 서둘러 도착한 산부인과는 쥐 죽은 듯 조용하다. 병실 문을 열고 들어서니 송나가 반가움에 눈시울을 붉힌다.

송나는 캄보디아에서 한국으로 시집을 왔다. 캄보디아 이름으로는 '피카소라' 이다. 시아버지를 모시고, 전처의 아들과 자신이 낳은 여섯 살 된 예쁜 딸이 하나 있다. 남편은 결혼을 한 번했던 사람으로 송나와는 재혼이다. 남편이 직장에서 받는 급료로 다섯 식구가 생활하기에는 벅찬 형편이다. 이제는 식구가 하나 더 늘었으니 허리띠를 졸라매어야 할 것 같다.

송나의 친정어머니는 보이지 않았다. 딸이 출산을 했는데도 못 오는 엄마의 심정은 오죽할까. 그곳 형편도 풍족하지 않아 항공료 마련하기가 쉽지 않다고 한다. 산모가 아기를 낳을 때 제일 보고 싶은 게 엄마라는데, 나는 송나의 손을 꼭 잡는다. 송나도 내 손을 놓지 않는다. 엄마의 정이 많이 그리웠나 보다.

"엄마 와 주셔서 고맙습니다."

송나는 한국말을 제법 정확하게 잘한다. 아담한 체구에 적당하게 검은 피부, 새까만 눈동자가 돋보이는 귀여운 여인이다. 송나가 좋아하는 과일을 챙겨준다.

둘이서 캄보디아 엄마 얘기를 나누고 있는데 그녀의 남편이 병실로 들어온다. 나에겐 사위가 되는 셈이다. 축하의 덕담을 건네자 그도 감사의 인사를 한다. 부부의 정다운 시간도 내어주고, 아기도 볼 겸 병실을 나와 신생아실로 향한다. 간호사가 아기를 살며시 안고 나온다. 눈을 감은 아기가 입을 연신 오물거린다. 그 신비로움에 마음이 설렌다. 병실로 돌아오니 사위는 출근을 하려고 서두른다. 아기가 아빠를 닮았다고 했더니 입이 귀에 걸린다.

다문화 문화센터가 주관하는 결혼이주여성의 임신과 양

육에 관한 강좌에 참석한 적이 있다. 여성가족부가 발표한 다문화가족 실태조사를 보면 물질적인 생활 여건은 개선된 반면, 교육 및 사회관계와 관련된 고민은 늘어난 것으로 나타났다.

결혼이주여성들은 비교적 젊고 건강한 연령의 여성으로 출산 예후가 좋은 장점을 가지고 있다. 산전관리 및 출산과정에서 가장 두드러진 문제점은 언어 문제로 인해 의사소통이 안 되는 점이다. 특히 분만실에서 의사소통이 잘 되지 않아 불안과 두려움이 많다고 한다.

한국은 벌써 결혼이민자 수가 30만 명에 육박했다. 사회적 관계 형성에서 그들의 어려움이 개선되지 않고 있다는 점은 우리 사회가 고심해야 할 대목이다. 정부의 다문화 지원정책에 대한 변화가 요구된다. 글로벌 시대에 걸맞게 우리 한국사회에서도 더 큰 변화의 인식이 있어야 한다. 단일민족의 상징성만 앞세우지 말고, 이주여성들과 그 자녀들을 외국인과의 혼혈이 아닌, 신체적인 특성이 다소 다른 한국인이라는 사실을 스스럼없이 받아들여야 하지 않을까.

병원을 나와 거리를 나선다. 며칠 후면 일촌모임이 있다. 산후조리로 송나는 오지 못할 것이다. 그날이 오면 휴대폰 속의 예쁜 손주를 회원들에게 자랑하리라. 딸이 아들을 순

산했다고.

모임 가는 날, 휴대폰이 울린다. 송나다.

"엄마 오늘 저는 모임 못 가요. 아기 이름을 무엇이라고 부를까요? 생각해 보시고 연락해 주세요."

딸을 얻은 실감이 난다. 아기의 이름을 남편과 의논해서 지어도 될 것을 나에게 일일이 물어 보는 게 고마워 입이 함지박처럼 벌어진다. 품지도 않고, 배도 아픈 적 없이 딸은 물론이고, 사위와 손주까지 덤으로 얻었으니 이런 횡재가 또 있을까.

바나나 두 박스

오월은 푸르지만 지출도 많은 달이다. 단체는 단체대로 가정은 가정대로 눈코 뜰 새 없이 바쁘다. 경로당에서 어버이날을 당겨 다과회를 한다기에 청과시장에 과일을 사러 갔다. 딸기와 토마토가 때깔이 좋다. 그것을 보는 순간 바나나를 사려던 마음이 살짝 흔들린다. 토마토를 살까. 딸기를 살까.

토마토를 사려고 하니 어르신들이 드시기가 불편할 것 같고, 딸기를 사려니 새콤한 것이 거슬린다. 다들 좋아하고 달짝지근한 바나나가 무난할 것 같아 시장을 돌아본다.

과일가게 앞에 진열된 박스 속의 바나나가 싱싱하다. 가격을 물어본다. 그런데, 가게가 다닥다닥 붙어있어 난감한 일이 벌어졌다. 두 가게의 주인이 동시에 나더러 자기 손님이라고 우긴다. 박 씨 아저씨는 자기네 바나나를 보고 가격을 물었으니 자기 손님이라 하고, 김 씨 아줌마는 누구 바나나를 본 것은 알 바가 아니고 나에게 가격을 물었으니 자기 손님이라고 막무가내다. 아침부터 두 가게 주인의 언성이 높아져 분위기가 심상찮다.

이 일을 어찌하리. 어디에서 사든 한 곳에서만 산다면 두 주인의 사이가 하루 종일 시큰둥하니 서먹해질 것이다. 아예 다른 곳에서 사든지 두 가게에서 똑같이 사든지 하는 수밖에 없다. 두 가게에서 바나나 한 박스씩을 사서 차에 싣는다. 덤으로, 보기에도 탐스러운 토마토가 봉지에 가득하다.

경로당에 도착해 박스를 개봉한다. 한 가게에서 산 바나나가 아니니 가게 주인의 모습처럼 크기와 맛도 조금씩 다르다. 짓궂은 어르신들이 바나나를 들고 농담도 곧잘 한다. 굽이굽이 살아온 세월의 여파를 주름진 얼굴이 말해준다. 그래도 마음만은 청춘이다. 박스 아저씨가 떡 상자를 들고 온다. 박스를 주워 모은 돈으로 이웃을 돕는다고 박스 아저씨라고 부른다. 여기저기 들어 온 음식들이 한가득 차려진다. 우리도 식탁에서 음식을 나누며 즐거운 한때를 보낸다. 어르신들이 돌아가고 주위를 정리하니 바나나 껍질이 박스에 한가득이다. 남은 바나나를 나누어 드리고 집으로 돌아온다.

식탁 위에 바나나가 앉았다. 미안해하던 청과시장 두 주인의 얼굴이 떠오른다. 나에게 부끄러운 듯 미소를 보내던 두 사람이 밉지 않다. 그들도 힘들고 지친 우리 이웃이기 때문이다.

외출에서 돌아온 아들이 여행 가방을 챙기며 제법 두툼한 봉투를 건넨다.

"이번 어버이날은 두 분이서 보내세요."

그리고 바나나 껍질을 벗기며 나에게 묻는다.

"웬 바나나예요?"

"너 주려고 샀다."

한 치의 망설임도 없는 내 대답에 아들은 기분 좋게 또 껍질을 벗긴다.

훈훈한 오월의 하루가 저물어간다.

명복을 빕니다

'명복을 빕니다.'

나는 하루에도 몇 번씩 고인이 된다. 하는 일이 각종 행사 및 회원의 길흉사를 카페에 공지하고, 전체 문자를 발송하기 때문이다. 회원 수가 수백 명이나 되니 컴퓨터를 주로 이용한다.

친구들과 광양으로 가는 길에 부고를 접했다. 다행히 멀리 가지 않아 집으로 급히 되돌아온다. 일행들은 차에서 기다리고, 나는 부랴부랴 컴퓨터를 열어 회원 전체에게 문자를 보낸다.

부고는 정해진 행사가 아니니 언제 어디서 연락을 받을

지 모른다. 문자를 보낼 수 없는 상황에서 부고를 접하면 당혹스럽다. 그렇다고 내가 원하는 시간에 고인이 돼 달라고 할 수도 없는 노릇이 아닌가.

친구들과 광양 매화마을에 도착했다. 휴대폰에 문자가 계속 들어온다. 알림으로 보낸 문자인데 '고인의 명복을 빈다.'는 답장이 줄을 잇는다. 명복은 고인이나 그 가족에게 빌면 될 것을 왜 나를 고인으로 만드는지 모를 일이다. 옆에서 길을 가던 친구가 우스갯소리로 한마디 한다.

"고인과 봄놀이 와보긴 난생처음이네."

담 모퉁이를 돌아가는데 여기저기 매화 천국이다. 매화는 사람을 가리지 않고 반긴다. 웃는 사람, 찡그린 사람, 잘난 사람, 못난 사람, 대하는 데 차별이 없다.

또 주머니에서 휴대폰 벨이 울어댄다. 오늘 살아 있다고 내일도 여전하리라는 보장이 있는가. 한 치 앞을 모르는 게 우리네 삶이다. 어정거리다가 일행을 놓쳤다. 그들은 내가 고인이라고 빨리도 버렸다. 살랑이는 봄바람에 꽃잎이 내려앉는다.

치킨집에서

J를 처음 만난 건 치킨집에서다. 동네에서 모임을 마친 일행들과 간단하게 맥주잔을 기울이고 있었다. 맞은편에는 점잖은 어르신들이 여담을 나누고 있었다. 그때 한 분이 일어나 화장실을 찾는데 다리가 불편해 보인다. 화장실은 좁은 통로를 지나 뒤쪽으로 가야 하는데 비틀거리는 모습이 위태로웠다. 아니나 다를까. 어르신이 갑자기 내 쪽으로 넘어졌다. 그 바람에 손에 든 맥주잔이 바닥으로 떨어졌다. 놀라는 그를 일으키자 그의 일행이 다가와 사과를 했다. 본의 아니게 실수한 사람에게 짜증을 낼 수도 없었다. 시간이 지나 회원들과 자리에서 일어나 밖으로 나오려는데, 그 어

르신이 다가와 식사라도 대접하고 싶다고 했다. 나는 그러지 않아도 된다며 손사래를 쳤다.

몇 달이 지난 어느 날 친구와 치킨을 먹게 되었다. 일상의 여담으로 분위기가 무르익는데 뒤편에서 누군가가 인사를 했다. 자세히 보니 몇 달 전의 그 어르신이었다. 반가워할 사이는 아니었으나 그 일을 기억하고 미안함을 표현하는 어르신이 밉지 않았다. 나는 친구와 얘기를 하면서도 그 일행의 얘기를 엿들었다.

J는 월남참전용사였다. 다리에 파편이 튀어 장애를 입었다고 했다. 나오면서 계산대로 가니 누군가가 벌써 계산을 했다고 한다. 의아해 했더니 그 어르신이 했다는 것이었다. 그에게 괜스레 빚진 느낌이 들었다. 다음에 만난다면 따뜻하게 대해야지.

볼일을 마치고 집으로 돌아오는 길에 치킨이 먹고 싶다는 아들의 연락이 왔다. 가게 문을 여니 손님이 더러 있다. 주문을 해 놓고 기다린다. 포장을 마무리하는데 가게 문이 열린다. J다. 나는 일전에 치킨값을 계산해 주어서 고맙다고 인사를 한다. 어르신은 늘 일행과 함께였는데 오늘은 혼자다. 표정마저 어둡다. 그는 죽마고우가 세상을 떠나 술이라도 한잔해야 잠이 올 것 같단다. 주인이 포장한 치킨을 나에게 내민다. 왠지 J와 맥주 한 잔을 해야 할 것 같다.

그와 자리에 앉았다. 어르신의 눈가가 붉어진다. 정을 나누던 친구들이 하나둘 세상을 떠나니 울적해지는 마음을 달랠 길이 없다고 한다. 잔에 가득 맥주를 따라드린다. 무슨 말이 필요하겠는가. 때로는 성의 없는 말보다 침묵이 위로가 될 때도 있다. 안주도 들지 않고 술잔만 비우는 J에게 닭다리 하나를 권한다. 나도 닭다리를 잡는다. 나는 분위기를 바꾸기 위해 닭다리로 이색적인 건배를 한다.

"우정은 국경이 없다. 우리는 친구다!"

구름에 가려진 J의 얼굴에 휘영청 보름달이 뜬다.

각개훈련

아들의 예비군 훈련이 있는 날이다. 군복을 입은 아들의 모습을 보니 여성예비군 시절이 생각난다. '앞으로 총' 을 외치며 야산을 뛰어올랐던 각개전투훈련은 지금도 잊을 수가 없다.

각개전투는 군대 훈련 중의 하나로 각자 전투를 한다는 뜻이다. 목적은 병사 개인이나 분, 소대의 약진과 포복 등으로 전투를 하여 목표를 달성하는 것으로 모든 요소에 그 뜻을 둔다. 여기서 가장 중요한 건 생존이며, 목표 점령은 그다음이다. 훈련 시에는 군복과 철모는 물론이고, 배낭과 M16 소총도 착용한다. 훈련의 종류도 다양하다. 사격 훈련으로 하는 서바이벌 게임은 살벌하기까지 하다. 산 중턱에 모형 적군을 만들어 놓고 총을 겨누며 육박전을 벌인다. 방공호에 들어가서 주위를 살피다가 가상 적군을 발견하면 사격으로 일망타진한다. 훈련이 막바지에 이르면 목이 마르고 배도 고프다. 비상식량인 건빵 몇 개와 수통을 입에 물고 목을 축인다.

여성예비군도 훈련을 할 때에는 나름의 고충이 있다. 몸이 약한 예비군은 더러 육박전을 하다가 체력이 고갈되어 중도하차를 하는 경우가 있다. 나 역시 누워서 통과해야 하는 철조망이 고역이다. 그날도 철조망을 통과하다가 스타일을 완전히 구기고 말았다. 철가시가 촘촘히 박힌 좁은 공간 속으로 몸을 눕이니 돌아눕지도 못할 만큼 바닥과 철조망 간격이 좁다. 평균치를 훨씬 넘는 나의 육중한 몸은 아무리 용을 써 봐도 철조망을 통과하기엔 역부족이다.

체격이 날씬하고 운동신경이 발달한 예비군은 철조망을 쉽게 통과한다. 나는 누운 채로 앞으로 나아가지도, 돌아가지도 못하는 진퇴양난進退兩難의 처지가 되었다. 거북이가 뒤로 자빠져 발을 쳐들고 버둥거리는 것 같은 꼴이라니. 결국은 지켜야 할 시간을 넘기고 만다. 앞서간 예비군들은 벌써 반환점을 돌고 있을 터이다.

아들 같은 조교가 진땀을 빼는 나를 향해 안타까운 듯 힘들면 도와주겠다고 한다. '훈련은 실전이다.' 적군도 같은 상황에 도와준다고 할까. 두 팔꿈치를 앞으로 당기고, 발끝으로 죽을힘을 다해 앞으로 나간다. 꿈짝도 하지 않던 자빠진 거북이가 앞으로 나아간다. 철모는 땅바닥에 부딪쳐 울고, 몸은 땀범벅이다. 하늘로 치솟은 소총은 간들간들 몸 위에 떨어질까 불안하다.

아뿔싸! 막바지에 군복이 철조망에 걸렸다. 끝내 가슴에 훈장 하나를 달고 철조망을 빠져나온다. 조교가 찢어진 군복을 가리키며 몸은 괜찮으냐고 묻는다. 대답 대신 손을 이마에 올리며 '충성'을 외친다. 목적지에 다다르니 훈련생들이 꼴찌로 들어온 나를 향해 박수를 보낸다.

여성예비군의 활동범위는 다양하다. 비상시나 전시에는 국가에 귀속된다. 정기적인 훈련과 지역사회 각계각층에 필요한 도우미로 의무와 책임을 다한다. 저소득층 무료급식과 산불조심캠페인, 군부대 체육대회 배식지원을 하며, 친목도모로 군사들과 합동 경기를 하기도 한다. 해마다 추진하는 현장학습으로 전국 비무장지대를 돌아보며, 나라사랑을 몸소 실천한다. 지역민들의 축제에도 동참하여 바자회를 한다. 그 수익금으로 소외된 세대를 위한 밑반찬을 만들어 전달하기도 한다. 사고로 부모를 잃은 오누이가 우리들이 전해준 도시락을 맛있게 먹던 그 모습이 지금도 눈앞에 선하다.

아들이 현관문을 나선다. 배웅을 하는 나를 향해 '충성'을 외친다. 멀어지는 아들의 뒷모습이 듬직하다. 앞산 현충로에서 캠페인을 벌이던 여성예비군들이 오늘따라 유난히 보고 싶다.

박스 할머니

새벽 창가에 바람이 사납다. 밥은 해야 되는데 이불 속에서 꼼짝하기가 싫다. 이리저리 뒹굴다가 몸을 일으킨다.

거실로 나오니 현관 밖에서 부스럭대는 소리가 난다. 문을 열려니 겁이 난다. 잠시 후 잠잠한 듯하여 문을 열고 주위를 살핀다. 어젯밤 복도에 내어놓은 박스를 할머니가 안고 기웃거린다. 사랑의 박스 할머니다.

어느 날 새벽이었다. 아파트 분리수거장에서 할머니를 만났다. 리어카를 끌고 어디론가 가셨다. 어디 가시느냐고 했더니 운동을 간다고 하셨다. 다리도 불편한 할머니가 리어카를 끌고 운동을 한다기에 살금살금 뒤따라가 보았다. 할머니는 곳곳을 다니며 종이 박스를 수거했다. 동이 틀 무렵 폐지로 가득 찬 리어카가 정문으로 들어오자 경비원이 반갑게 맞는다.

"할머니, 오늘도 좋은 일 하시네요."

나는 경비원에게 할머니의 가슴 아픈 이야기를 들을 수 있었다. 할머니는 맞벌이하는 아들 내외의 힘이 되고자 손자를 돌보게 되었다. 그런데 손자와 나들이 가다가 교통사고를 당했다고 한다. 할머니는 팔과 다리에 골절상을 입었고, 손자는 머리를 많이 다쳤다. 할머니가 다리를 절룩이는 것도 당시 사고 때문이었다. 안타깝게도 손자는 끝내 깨어나지 못하고 먼 길을 떠났다는 안타까운 이야기였다.

그 후 할머니는 정신을 놓고 밤낮없이 거리를 떠돌아 다녔다. 아들 내외도 자식을 잃어버린 충격으로 할머니를 찾는 횟수가 줄어들었다. 할머니는 박스 줍기를 시작했다. 리어카에 박스가 한가득 모아지면 고물상에 팔았다. 일정 금액이 모아지면 불우이웃을 돕는다고 한다. 인근에 갑작스런 사고로 부모를 잃은 아이들을 가끔씩 찾아가 말동무도 된다. 동변상련이런가.

복도를 서성이는 할머니께 따끈한 차를 드린다. 할머니는 박스를 잠시 내려놓는다.

“할머니, 다리도 아프신데 이제 좀 쉬세요.”

집에 가만히 있으면 몸이 더 아프다며 웃으신다. 주름진 얼굴에 아침 햇살이 번진다. 찻잔을 건네주는 할머니의 손끝이 까칠하다. 왠지 이불 속에서 늑장을 부린 자신이 부끄럽다. 멀어지는 할머니께 머리 위로 사랑의 하트를 보낸다.

벼락

벼락의 종류에도 여러 가지가 있다. 기상현상으로 천둥을 동반한 낙뢰가 있는가 하면, 우연찮게 넝쿨째 굴러오는 돈벼락도 있을 터이다. 반대로 가끔씩은 자신의 의지와는 상관없이 날벼락을 만나기도 할 것이다.

공중 화장실에서 생긴 일이다. 용변을 보고 있는데 밖이 소란했다. 갑자기 뛰어든 사람이 용변이 급해서 바로 내 옆의 화장실로 들어간 모양이었다. 이내 '펑' 하는 소리가 들리는가 싶더니 아닌 밤중에 웬 날벼락인가. 부챗살처럼 퍼진 인분이 화장실 밑 공간을 통하여 내 자리까지 침범했다. 폭탄 설사에 나도 모르게 소리를 지르고 말았다. 악취가 온 화장실을 뒤덮어 밖으로 뛰쳐나왔다. 다행히 주위에는 사람들이 많지 않았다. 일을 저지른 본인도 민망했던지 얼굴도 보이지 않고 안에서만 죄송하다는 말 뿐이었다. 뒷정리를 해야 하니 빨리 화장실을 나가라고만 했다. 나 역시 입장이 바뀐다면 얼굴을 들고 나올 상황은 못 되겠다 싶었지만 은근히 화가 났다.

신발에 튕긴 오물은 어떻게 한단 말인가. 수도꼭지를 열어 그것을 씻어내고 거리로 나왔다. 약속 시간이 임박했다. 신발에 자꾸만 눈길이 간다. 햇살에 말라 신발은 본래의 모습을 되찾았다. 꿈에서는 똥이나 돼지를 만나면 횡재를 한다고 하는데, 훤한 대낮에 똥 벼락을 맞았으니 일진이 궁금하기도 했다.

친구를 만나러 가는 길은 지하철을 이용했다. 사람들이 붐비는 장소에서 내심 냄새가 나지 않을까 마음이 쓰였다. 멀리 떨어져 자리를 잡았다. 그런데 생각지도 않은 곳에서 일은 벌어졌다. 바짓가랑이에도 오물이 튕긴 모양이었다. 신발에만 급급하다가 바지 밑단에는 미처 신경을 못 썼다. 사람들이 냄새의 출처를 찾으며 킁킁거렸다. 나는 쥐구멍이라도 찾고 싶은 마음에 목적지까지 가지도 못하고 다음 지하철역에서 내리고 말았다.

화장실로 줄행랑을 쳤다. 난동 속에 약속시간이 지나고 말았다. 전화로 기다려 줄 것을 당부하고, 참았던 화장실 볼일을 봤다. 젖은 바짓가랑이는 걷어 올려 긴 바지가 반바지로 둔갑했다. 세면대에서 손을 씻으려는데 포켓용 휴대폰이 눈에 띄었다. 나보다 더 급한 사람이 있었나 보았다. 포켓을 열어보니 카드며 지폐도 여러 장 보였다. 잠시 갈등이 생겼다. 지하철역 사무실로 걸음을 옮기는데 벨소리가 요란했다. 받아보니 휴대폰 주인이다. 지하철 사무실에 맡겨 두겠다며 전화를 끊었다. 그런데 사무실 문을 여니 휴대폰 주인이 거기에 있었다. 걷어 올린 반바지를 보며 그녀가 하는 말,

"요즘은 바지를 걷어 올려 입는 게 유행인가 보네요. 잘 어울립니다."

나는 참으려던 웃음을 터트렸다. 사무실을 빠져 나오는데, 갑자기 주머니 속으로 낯선 손이 쑥 들어왔다. 휴대폰 주인이었다. 생시의 똥 벼락도 복전이 굴러오는 모양이었다.

그 꼴을 당하고도 똥 묻은 반바지는 기죽지 않고 계단을 내려간다.

민들레 홀씨 되어

복지관 마당이 반가운 사람들로 인산인해다. 여성대학을 이수한 임원들이 현장학습을 가는 날이다. 동문들은 대구시에서 주관하는 다양한 봉사활동을 하고 있다. 우리들은 지정된 차량에 나뉘어져 버스에 오른다. 일정은 와불로 유명한 백천사와 가천 다랭이마을이다.

휴게소에서 따끈한 국밥으로 아침식사를 한다. 음식을 나누는 동문들의 행복한 모습을 보니 행사를 위해 여러 날을 준비했을 임원들의 노고가 마음으로 전해온다.

버스는 사천 와룡산을 휘감고, 백천사에 다다랐다. 부처님 오신 날이 임박한 탓인지 사찰 입구부터 연등 행렬이 줄을 잇는다. 일상에 찌든 혼탁한 마음을 뒤로 하고, 웅장한 와불 앞에서 두 손을 모은다.

연둣빛 가로수가 짙어가는 들길을 돌아 앵강다숲으로 들어선다. 시원한 바닷바람이 코끝에 상쾌하다. 통전복해물찜이 식탁 위에 풍성하다. 전복 한 마리를 입에 물고 횡재한 듯 즐거워한다. 매콤한 해물찜이 콧등에 땀방울을 맺히게 한다. 바닷길 산책을 한다. 해변에는 기수별로 사진촬영에 여념이 없다. 모두들 꽃 시절로 돌아간 소녀 같다. 두 팔을 벌리고 백사장을 뛰며 하늘로 폴짝 날아오른다. 찰나의 순간을 놓칠세라 셔터 누르기에 정신이 없다.

가천 다랭이마을의 가파른 내리막길에서 보는 옥빛 바다와 유채꽃이 환상이다. 갓길에 떨어진 동백이 꽃길이 된다. 층층이 다랭이논이 정겹다. 다랭이논은 돌담과 석축으로 한 뼘이라도 면적을 넓히기 위해 바다와 수직을 이루는 각도로 만들어졌다.

옛날 가천마을의 한 농부는 일을 할 때마다 습관처럼 논을 헤아리는 버릇이 있었다. 그는 쟁기질을 하다가 논의 숫자를 헤아려 보았는데 아무리 찾아도 한 뙈기 모자랐다. 결국 찾지 못한 농부가 일을 끝내고 삿갓을 들어보니 그 안에 논이 하나 더 있었다고 한다. 어쩌면 우리도 가깝고 고마운 사람을 코앞에 두고 멀리서 찾으려는 건 아닐까.

길옆에 암수바위가 눈길을 끈다. 짓궂은 일행들이 수바위에 기대어 그것을 만지고 쓸어주며 야단이다. 다랭이마을에 동문들의 웃음소리가 울려 퍼진다. 산길과는 달리 다랭이마을은 갈 때는 내리막이고 올 때는 오르막으로 완주가 쉽지 않다. 그곳에서 서로에게 힘이 되어 밀고 당기는 동문들의 끈끈한 우정이 훈훈함을 더한다. 일정을 마무리하는 단체사진을 남기고 버스에 오르는 일행들의 등 뒤로 햇살이 멀어진다.

좋은 사람들과의 만남은 하루가 너무 짧다. 가방을 챙긴다. 회장의 마무리 인사에 동문을 아끼는 사랑이 오종종 묻어난다. 버스에서 내리니 여기저기서 휴대폰이 연신 울린다. 주부로 돌아갈 시간이다.

다랭이마을에서 홀씨를 날리며 정을 나눈 동문들은 내 기억 속에서 아름다운 추억이 될 것이다.

먼 훗날, 민들레 홀씨 되어 다시 만나리.

콩국수 한 그릇

한수산의 소설로 알려진 〈군함도〉가 영화화되어 스크린에 떴다. 일찌감치 관객석에 자리를 잡았다. 군함도는 역사적인 사실에 예술적인 재미를 더했다. 삼복의 더위도 아랑곳없이 감동의 여운이 온몸을 뜨겁게 달군다.

1945년, 일제강점기에 강제 징용된 후 목숨을 걸고 탈출을 시도하는 조선인들의 이야기를 그린 영화다. 섬 모양이 군함처럼 생겼다고 붙여진 하시마의 별칭이다. 저마다 다른 이유로 군함도에 끌려오게 된 조선의 평범한 사람들이 나름의 방식으로 생존해 가는 과정과 죽음의 섬에서 목숨을 걸고 탈출을 강행하는 모습이 눈물겹다.

악단 부녀의 파란만장한 삶을 눈여겨본다. 소녀는 부모의 품에서 어리광을 부려보지도 못하고 애어른이 되어간다. 그들은 천신만고 끝에 하시마를 탈출하지만 소녀의 아버지는 뱃머리에서 숨을 거둔다. 홀로 남겨질 딸에게 자신의 마음을 전하는 장면이 눈물겹다. 사람들에게 고국에 가면 딸에게 콩국수 한 그릇만 먹여 주라고 부탁을 한다. 아버지의 주검 앞에 소녀는 마음 편하게 울지도 못했다. 멀리 군함도에 원자폭탄이 떨어졌기 때문이다. 군함도는 그야말로 죽음의 섬이 된다. 그가 간절히 딸에게 먹이고 싶었던 콩국수는 그리운 고향이 아니었을까.

영화 〈군함도〉는 악명 높았던 하시마에서 강제노동에 내몰린 조선인들이 끝내 피폭자로 목숨을 잃었던 한국의 아픈 역사를 다루었다. 일본은 이 섬을 산업혁명의 유산으로 선전하고, 유네스코 세계문화유산 등재에 남다른 공을 들였다. 그러나 우리에게 〈군함도〉는 수많은 조선인들이 비명에 간 일제강점기의 아픈 역사일 뿐이다.

영화관을 나선다. 우리 민족이 겪은 고통의 역사를 생각하니 미안한 마음이 든다. 몸을 던져 연기를 한 배우들의 인기도 대단하다. 배가 몹시 고프다. 식당으로 들어가니 종업원이 주문을 받으러 온다.

"콩국수 한 그릇 주세요."

시장기에 금세 비울 것 같던 국수가 잘 넘어가지 않는다. 종업원이 신경이 쓰이는지 자꾸만 쳐다본다.

"콩국수가 맛이 없나요?"

그릇을 들고 국물만 후루룩 마신다.

"맛있어요. 배가 부른 게지요."

식당을 나오는데 마음과는 달리 파란 하늘이 눈부시게 아름답다.

자운영 필 무렵

낙동강 둑방길은 자주 찾는 곳이다. 비탈에 흔들리는 자운영이 아름답다. 불현듯 형산강 둘레길 그 강가가 머리를 스친다.

아들 직장이 경주에 있었다. 그 옆에는 형산강이 아름다웠다. 어쩌다가 며칠을 지내고 올 때에는 아들과 그곳으로 산책을 갔다. 노을이 질 무렵, 혼자 강가를 찾았다. 낚시꾼들이 꽤 많았다. 수업을 마친 학생들이 우르르 몰려와 제비새끼마냥 재잘거렸다. 길옆에 세워 둔 자전거도 풍경이 되었다. 풀섶마다 자운영이 지천으로 예뻤다.

아들 퇴근시간이 임박하여 돌아오는 길이었다. 낚시가방

을 둘러맨 중년의 남자와 눈이 마주쳤다. 어디선가 본 듯한 얼굴이었다. 하지만 머릿속에서 가물거릴 뿐 기억이 나지 않았다. 그 사람도 걸음을 멈칫하더니 고개를 갸우뚱거렸다.

아들은 벌써 퇴근을 했다. 저녁을 먹는 둥 마는 둥 마음은 콩밭에 가 있었다. 기억을 더듬어 보았지만 그 남자를 어디에서 봤는지 알 길이 없었다. 불편한 마음이 들지 않은걸 보면 기분 좋게 만난 사람인듯했다.

저녁상을 물린 아들은 피곤했던지 깊은 잠에 빠졌다. 강가를 다시 찾았다. 가로등 불빛이 강물 속에서 졸고 있었다. 저 멀리 기차가 밤의 적막을 깨고 지나갔다. 벌써 가지는 않았을 터이다. 낚시꾼들 속에서 그 사람을 찾았다. 첫사랑을 만난 듯 가슴이 주책없이 뛰었다. 어둠 속의 뒷모습이 그 사람인지 확실하지가 않았다.

"저기 말씀 좀 물어볼게요."

고개를 돌리는데 그 남자였다.

"혹시 저 어디서 본 적 없나요."

그는 단박에

"시민경찰 하셨지요?"

그랬었다. 그는 경주로 이사를 가게 되어 도중에 활동을 그만두었다고 했다. 서로 반갑게 악수를 했다. 남자는 가방을 열더니 캔맥주를 꺼냈다. 어둠 속에서 낚싯대가 흔들렸다. 입질한 물고기는 월척이었다. 강바람이 불었다. 어스름 숲속의 자운영도 수줍은 듯 고개를 숙였다. 낙동강에 해넘이가 시작된다. 가던 길을 되돌아온다. 지금도 형산강 그곳에는 자운영이 한창이리라. 밤 기차가 강을 지르고, 강물 속에 달빛이 숨을 고르는 그 강가에 가고 싶다. 월척을 잡았다고 좋아하던 그 사람이 생각난다.

수박 한 통

아침에 눈을 뜨니 천장이 흥건히 젖어있다. 깜짝 놀라 위층으로 올라가 초인종을 누른다. 한참 만에야 주인이 현관문을 연다.

"저희 집 천장이 젖었네요. 관리실에 연락 바랍니다."

관리실에서 직원이 온다. 베란다 실내 배관이 노후 되어 공사는 위층에서 해야 된다고 한다. 공용배관이 아니니 위층에서 공사비용 전액을 자부담해야 할 판이다. 폭염에 짐을 들어내고 보수를 해야 한다니 심히 걱정이다. 하루가 지나자 공사를 하는지 기계 소음이 요란하다. 천장을 보니 물자국이 점점 커진다. 수도를 잠갔다고는 했지만 이미 스며

든 물은 천장을 다 적실 기세다. 여기저기 누렇게 얼룩이 진다.

외출을 하려는데 위층에서 폐를 끼쳐 미안하다며 사과하러 왔다. 얼룩진 천장을 보더니만 민망해 한다. 오래된 아파트라 그런지 세대마다 더러 배관이 터진다. 그나마 집에 있을 때 발견했으니 다행이다. 어느 세대는 며칠째 집을 비웠다가 거실이 물바다가 된 경우도 있다.

이틀이 지나니 천장에 곰팡이가 피기 시작한다. 급기야는 벽까지 침범을 한다. 얼룩무늬가 재미있다. 유심히 쳐다보면 얼룩소 한 마리가 배를 깔고 턱하니 앉아 있는 형상이다. 갈등이 생긴다. 위층에 도배해 달라고 하기에도 양심이 허락하지 않는다. 도배한 지가 오래되어 올 가을엔 도배를 하려던 참이었기 때문이다. 도배를 할 때는 하더라도 지저분한 천장을 볼 때마다 불편한 마음은 어쩔 수가 없다.

며칠이 지난 후 저녁상을 물리는데 위층 아저씨가 내려왔다. 공사를 끝내고 물을 내렸다며 천장은 괜찮은지 확인을 부탁한다. 천장에 물기가 없으니 공사는 잘된 모양이다. 그는 천장의 얼룩을 살피더니 묻는다.

"도배를 해 드려야 되지 않을까요?"

"아이구 괜찮습니다. 어차피 가을이 되면 도배 좀 하려고 했습니다."

말이 끝나기 무섭게 남편이 대답하더니 내 눈치를 살핀다. 나도 울며 겨자 먹기로 한마디 한다.

"더운데 공사로 애쓰셨습니다. 신경 쓰지 마십시오."

아저씨는 고맙다며 집으로 돌아간다. 남편은 눈을 흘기는 나를 보더니만 어깨를 툭 친다.

"찬바람 불면 내가 도배해 줄게"

찬바람이 언제 분단 말인가. 날이 갈수록 폭염은 식을 줄을 모른다.

후덥지근한 날씨에도 바깥이 그리워 남편과 공원으로 산책을 간다. 숲길은 운동하는 사람들로 분주하다. 이마의 땀을 훔치는데 휴대폰이 울린다. 아들이다.

"어머니, 위층에서 수박 한 통을 가지고 왔는데요?"

집으로 돌아간 줄 알았던 위층 아저씨가 마트로 달려간 모양이다. 어둠 속에서도 마누라의 웃는 얼굴은 보이는 모양이다. 남편이 내 속내를 알아차렸는지 웃는다.

"그 수박 누가 다 먹을지 안 봐도 훤하네."

나는 못 들은 척 남편의 옆구리를 꼬집는다. 남편은 아프다고 엄살을 떨며 어둠 속으로 줄행랑을 친다.

막창 한 바가지

안지랑 막창골목에 하나둘 불이 켜진다. 친구와 찾은 골목길은 밤이 깊을수록 인파로 활기가 넘친다.

화덕구이로 유명한 식당에 들어간다. 친구가 옷을 벗어던지고 앉는 폼이 심상찮다. 모둠세트를 주문한다. 드럼통 화덕에 연탄불이 꽃을 피운다. 꽃무늬가 요란한 몸빼바지를 입은 아줌마가 경상도 사투리로 인사를 한다. 달궈진 석쇠위에 막창 한 바가지가 맛있게 익어간다.

막창골목은 500미터나 이어진다. 식당마다 나름의 이벤트로 사람들의 눈길을 끈다. 안지랑은 왕건이 후백제의 견훤과 대구 팔공산에서 싸우다가 패배를 한 뒤 이곳으로 안

전하게 피신하였다는 의미로 '안자령安坐嶺' 으로 불리다가 '안지랑' 이 되었다고 한다. 막창은 주로 소의 네 번째 위인 홍창이고, 곱창은 소나 돼지의 작은창자 부위를 말한다.

석쇠 위에서 막창이 지글지글 소리를 낸다. 묽은 된장에 파와 다진 청양고추를 골고루 섞는다. 상추와 깻잎 위에 쌈무를 올리고 구운 막창을 된장에 푹 찍어 손바닥이 복잡하도록 쌈을 싼다. 한 손에는 술잔을 든다.

석쇠를 바꾸고 구운 양념곱창은 알싸한 매운맛으로 입안을 불이 나게 한다. 마주앉은 친구의 얼굴이 복사꽃처럼 예쁘다. 옆 좌석이 분주하다. 모임을 하는지 돌아가며 건배를 연발한다. 건배사도 재미있어 분위기가 화기애애하다. 여기저기에서 주문이 쇄도한다.

"아줌마 여기 곱창 한 바가지 더 주세요."

예전부터 막창골목에는 몇 인분이라는 명칭은 쓰지 않았다. 한 바가지로 전해져 내려온 것을 그대로 사용하고 있다. 밤이 깊었건만 사람들은 좀처럼 집으로 돌아갈 생각을 않는다. 바깥은 LED 조명으로 별천지를 이룬다. 이쪽에서도 한 바가지 저쪽에서도 한 바가지, 엉덩이를 실룩이는 주인장의 입이 귀에 걸린다.

친구는 벌써 취기가 오르는가 보다. 단지 친구와 막창을 먹자고 서울에서 먼 이곳까지 오지는 않았을 터이다. 마음을 나눈 친구는 굳이 말하지 않아도 눈빛만으로 느낄 수 있다. 그녀가 말하지 않으면 굳이 물어볼 일도 아니다. 누구나 말하고 싶지 않은 부분도 있기 때문이다.

곱창구이가 끝나고 마지막으로 염통꼬치가 석쇠에 오른다. 석쇠에서 떨어진 기름을 먹은 연탄이 불꽃을 일으킨다. 친구의 상기된 얼굴에 근심이 서린다. 살면서 늘 좋은 일만 있을까. 올려둔 꼬치가 불에 탄다.

밖으로 나오니 만국기가 바람에 춤을 춘다. 지하철역까지 친구를 배웅한다. 손을 흔드는 나를 향해 그녀가 한마디 한다.

"막창 잘 먹었어. 서울 도착하면 전화할게."

나는 계단을 내려가는 그녀를 향해 큰 소리로 외친다.

"막창 생각나면 또 와!"

안지랑 막창골목에도 서서히 불이 꺼진다.

난로가 있는 풍경

배낭을 메고 집을 나선다. 언젠가 여행길에서 만난 노부부가 생각난다. 아직도 그곳에 계실까. 찬바람이 불던 어느 겨울이었다. 점심을 먹으려고 식당을 찾았다. 노부부가 운영하는 식당에 들어서자 연탄난로의 훈훈한 온기가 식당을 감싸고, 그 위에서는 주전자가 김을 뿜고 있었다. 주전자는 그들의 모습처럼 쭈글쭈글해 성한 곳이 없었다.

식사를 마치고 물을 마시려는데 마침 연탄 갈기가 시작되었다. 할아버지는 연탄재를 난로 밑동에서 집어내셨다. 그곳에는 연탄이 여러 장 들어갔다. 넓은 공간을 데우기에 작은 난로는 어림도 없을 것 같았다. 할아버지는 재를 통에

담으며 탄이 불붙기까지는 추울 거라며 온기가 남은 그것을 발 옆에 놓아주셨다. 난로가 서서히 달아오르자 연탄재의 온기는 차츰 사라졌다. 건드리면 바스러질 것 같은, 그것은 할아버지의 모습과도 같았다. 그에게도 활활 타오르던 젊음이 있었을 터이다. 재를 들고 밖으로 나가는 할아버지의 처진 어깨가 왠지 쓸쓸해 보였다.

노부부는 누룽지탕으로 때 늦은 식사를 했다. 밥을 드시지 왜 누룽지탕을 드시느냐고 하니 치아가 부실하여 누룽지가 수월하다고 했다. 몇 술 뜨는가 싶더니만 그릇째 들고 후루룩 마셨다. 몇 분밖에 걸리지 않은 부실한 식사였다. 나이가 들면 잘 드셔야 할 텐데 측은지심이 들었다. 찻잔을 들고 그들과 난롯가에 앉았다. 눈이 오려는지 하늘이 온통 구름에 덮여 있었다. 웃음을 잃은 노부부에게 '연탄 두 장'에 얽힌 재미있는 이야기를 들려드렸다.

한국에 여행을 온 흑인 두 사람이 택시를 타게 되었다. 운전사에게 목적지를 알려주고 뒷좌석에 앉아있었다. 그때 운전사의 휴대폰이 울렸다. 기사는 뒷좌석의 흑인들이 한국말을 당연히 알아듣지 못하리라는 생각으로 통화를 했다. 상대방이 운전자의 행선을 묻는 모양이었다. 그의 대답은 지금 운행 중인데 '청량리까지 연탄 두 장을 배달 중' 이라고 했다. 흑인을 연탄에 비유한 것이었다.

잠시 후 목적지에 다다랐다. 요금이 많이 나왔다. 그러나 흑인은 연탄 두 장 값에 해당되는 금액만 지불하고 차에서 내렸다. 기사가 항의를 했다. 그들은 기사에게 시원한 직격타를 한 방 날렸다.

"연탄 두 장을 배달했으니 그 값을 지불했을 뿐이오."

이야기를 마치자 노부부는 함빡 웃었다. 치아가 하나도 없는 동굴 같은 입이었다. 흑인을 연탄이라고 표현한 택시 기사가 보면 뭐라고 했을까.

노부부의 가게 앞이다. 나를 기억하고 계실까. 그들을 볼 생각에 마음이 설렌다. 문을 열고 들어가니 된장국 냄새가 고향에 온 듯 구수하다. 할머니가 연탄을 갈고 계신다. 할아버지가 보이지 않아 순간 가슴이 덜컹 내려앉는다. 나를 잊지 않고 반갑게 맞아주신 할머니는 주문도 하지 않았는데 비빔밥을 만들어 오신다. 비빔밥을 맛있게 먹었던 내 모습을 기억하셨나 보다. 여전히 당신은 누룽지탕이다. 할머니는 음식을 우물우물 씹지도 않고 넘기신다. 보이지 않는 할아버지의 안부를 조심스럽게 묻는다. 아니나 다를까. 작년에 지병으로 돌아가셨다고 한다. 연탄재를 들고 밖으로 나가시던 할아버지의 모습이 눈앞에 어른거린다. 밥알이 입안에서 뱅뱅 돈다. 난로 위 늙은 주전자는 여전하다.

"할머니 다음에 올 때 주전자 사 올까요?"

할머니가 웃으시며 고개를 흔든다. 바쁜 시간이 지나자 할머니는 재미있는 이야기나 해 달라고 보채신다. 식당 안에 다시 훈기가 돈다. 난로는 점점 열기를 내뿜고, 주전자는 엉덩이를 들썩인다. 할머니가 활짝 웃으신다. 창밖에는 흰 눈이 소리 없이 내린다.

김장하는 날

첫눈이 내린다. '다문화 김장나누기' 행사에 가는 길이다. 해마다 다문화 일촌 모임에서는 대모들이 김장을 한다. 각자 자매결연을 맺은 딸에게 김치를 전달하기 위해서다. 다소의 경비는 복지관에 소속된 여성대학 총동문회에서 지원을 하기도 하는데, 대부분 바자회의 수익금으로도 충당을 한다.

살포시 내리던 눈송이가 진눈깨비로 변한다. 복지관 지하실로 내려가니 벌써 임원들이 김장 준비에 여념이 없다. 양념은 전날 만들어 두었고, 씻은 배추는 긴 탁자에 올려 물을 빼고 있다. 대모들은 제각기 앞치마를 두르고 맡은 자리에서 일사분란하게 움직인다. 배추가 빨간 옷으로 갈아입는다. 손놀림의 속도가 빨라진다. 단체에서 수십 년간 갈고 닦은 실력이 빛을 발하는 순간이다.

커다란 함지박에 완성된 김치가 쌓여간다. 장시간의 노동에 허리가 뻐근하다. 대모들은 잠시 일손을 멈추고 제자리에서 허리 돌리기로 몸을 푼다. 산더미 같은 배추가 바닥을 드러낼 즈음, 회장이 밥솥을 통째로 들고 와 회원들에게 누룽지 한 입씩을 먹여준다. 점심시간이 임박했다. 옆 식당에서 구수한 된장국 냄새가 시장기를 부추긴다. 간 보기로 여러 번 김치를 시식했더니 갈증이 난다. 하지만 양념으로 뒤범벅이 된 손으로 물을 먹기란 여간 번거로운 일이 아니다. 나는 목소리를 높여 물을 찾는다.

"총무님, 물! 물 좀 주세요."

주전자를 든 총무가 후다닥 뛰어온다. 나뿐만이 아니라 다들 목이 말랐나 보다. 총무는 회원들에게 일일이 물을 먹여준다. 김장하는 날은 봉사자가 왕이라 해도 과언이 아니다. 예쁜 총무에게 물을 받아먹는 것도 기분 좋은 일이다. 회장은 식사준비를 도와주고 총무는 김장 뒤치다꺼리로 정신이 없다.

며칠간의 노고가 박스 포장으로 마무리된다. 식당으로 들어가니 우리들이 직접 담근 김치가 맛깔스럽다. 따끈한 밥 한술을 입에 넣고 김치로 수육을 휘감아 보쌈을 한다. 아삭거리는 갑칠 맛이 그만이다. 식사를 마치자 회장이 수고했다며 마무리 인사를 한다. 내년에는 힘들겠지만 다문화 대녀들과 함께 김장을 하도록 하겠다고 얘기한다.

김치를 제대로 담그지 못해 시장에서 구입한 김치를 먹는 다문화 세대가 의외로 많다. 한국의 김장문화를 직접 체험하며 다양한 요리에 김치를 접목할 수 있다면 식생활이 조금은 풍요로워질 것이다. 한국의 대모들도 다국적으로 맺은 딸과의 유대를 위해 그 나라의 언어와 음식을 배우며 함께 소통할 수 있다면 더없이 좋으리라.

한국으로 시집온 이주여성들은 대체로 30대 미만이다. 그들은 임신과 출산, 육아 등으로 바쁘기도 하지만 풍족하지 못한 생활로 힘든 세대가 많다. 아기를 시부모에게 맡기고 일터에서 전전긍긍하는 여성들도 늘고 있다.

김치 전달식이 있는 날이다. 누군가가 기증한 무릎담요와 함께 김치를 대녀들에게 전달한다. 환하게 웃는 그들의 모습을 보니 피곤했던 몸도 눈 녹듯 사라진다. 회장은 대녀들에게 김치를 좋아하느냐고 묻는다. 그녀들은 한결같이 '김치 없으면 못 살아요.' 를 외친다. 매워서 싫다던 김치가 어느새 그들의 입맛에 스며들었던가. 아이를 들쳐 업고 멀어져 가는 딸의 모습에서 어머님과 함께 김장을 담그던 새댁 시절이 가물거린다.

집으로 돌아와 현관문을 여니 며칠 전에 들여놓은 배추가 시들하다. 단체 김장에 비하면 김장이라고 할 것도 없는 적은 양이다. 내친김에 또 앞치마를 두른다. 피곤했던지 입안에서 단내가 난다. 저녁 늦게 다문화 딸에게서 전화가 온다.

"엄마, 김치 맛있어요. 고맙습니다."

접시에 담긴 가지런한 김치 한 포기가 휴대폰에 두둥실 뜬다.

아무도 밟지 않은 설원에 아들과 나란히 발자국을 찍는다. 쏟아지는 눈송이는 이내 발자국을 덮는다. 털모자에 눈송이가 소복하다. 살아 움직이는 눈사람이다. 시계탑에 다다랐다. 시계를 보니 셔틀버스가 기다리는 장소로 돌아갈 시간이다.

4부
나도 양귀비

나도 양귀비

중국 서안으로 문학기행을 갔다. 공항에서 나와 버스에 오르니 나의 옆자리에는 아무도 앉지 않는다. 표준을 능가하는 나의 체격 탓에 함께 앉기가 불편했을 터이다.

화청지에 다다랐다. 당 현종과 양귀비의 사랑이 서려 있는 온천이다. 금방 목욕을 하고 나온 듯 풍만한 양귀비 조각상이 눈길을 끈다. 그 모습을 보며 새삼 억울한 생각이 든다. 나도 양귀비와 같은 세대에 태어났더라면 한 미모 했겠다는 생각을 떨쳐버릴 수가 없다. 자세히 본 양귀비 조각상은 그 용모가 나보다 나을 것도 없다. 미의 기준이 시대에 따라 다를 뿐 나 또한 몸 큰 것 하나 빼놓으면, 모자람이 무엇이던가. 바람 불면 날아갈 듯한 깡마른 여자들 세상에 태어났으니 분통이 터질 노릇이다.

박물관으로 발길을 옮긴다. 궁녀들이 즐비하게 늘어선 벽화 앞에서 나도 카메라 앞에 포즈를 잡아본다. 우연인지 옷도 비슷하게 입었다. 부러 옷자락도 길게 늘어뜨려 보았다. 지나가던 여행객이 한마디 던진다.

"우와! 양귀비가 울고 가겠다!"

기고만장한 양귀비가 깜짝 놀라 나를 째려본다. 현종은 어디 갔는가. 누가 더 미인인지 물어봐야 하는데.

성밖숲

성주에 있는 성밖숲을 찾았다. 왕버들과 맥문동꽃이 어우러져 온통 보랏빛 물결이다. 숲속을 거니는 연인들이 수필이 된다. 손주를 유모차에 태우고 한가로이 거니는 부부의 다정한 모습은 작가들의 모델이다. 황혼을 맞이한 노부부의 뒷모습에서 삶의 여유가 묻어난다. 숲속을 한 바퀴 돌아 숲의 역사를 말해주는 표지판 앞에서 발걸음을 멈춘다.

성밖숲은 성주읍의 서쪽으로 흐르는 이천 변에 조성된 마을 숲이다. 나이가 500여 년으로 추정되는 왕버들 수십 그루가 자라고 있다. 주민들의 이용을 전제로 조성된 곳으로 지금도 군민은 물론 인근 대구시민들도 많이 찾는 쉼터다.

전설에 의하면 조선 중기 성밖에서 아이들이 이유 없이 죽는 일이 번번했다. 마을의 족두리바위와 탕건바위가 서로 마주하고 있어 재앙이 끊이지 않았다고 한다. 그 재앙을 막기 위해 밤나무 숲을 조성했는데, 임진왜란 이후로 마을의 기강이 해이해지고 민심이 흉흉해져 밤나무를 베어 내고, 왕버들로 다시 조성했다. 그 후로 재앙은 사라지고, 마을은 평화를 찾았다고 한다.

지금은 읍성의 윤곽은 사라지고, 성문 밖에 숲만 남아서 지역민에게 휴식공간이 되고 있다. 성밖숲은 오랜 기간 자생하고 있는 왕버들만으로 조성된 단순림으로 학술적 가치는 물론 풍수지리와 신앙에 따라 조성된 마을 비보림으로 역사성을 가진 숲이다.

하천길에는 왕버들 세 그루가 모여서 작은 쉼터를 만들었다. 한쪽에는 긴 세월 풍파를 견뎌온 고목이 지렛대를 짚고 있다. 담요로 무릎을 가린 어르신이 휠체어에 앉아있다. 그 모습이 한 쪽 가지를 잃은 고목을 닮았다. 어르신은 내게 카메라를 건네며 독사진을 부탁한다. 렌즈 속에서 노인의 희끗한 머리가 바람에 날린다. 카메라를 바라보는 노인의 입가에 미소가 번진다. 보랏빛 사랑을 나누는 성밖숲에 붉은 노을이 깔린다.

여수 밤바다

문학 기행 중 하이라이트는 여수 밤바다이다. 바다를 가로지른 케이블카에 회원들과 봄바람을 맞으며 오르니 어둠이 내린다. 아래로 별빛처럼 빛나는 야경이 아름답다. 해가 진 하늘에는 노을이 붉은 띠를 두른다. 가끔씩 바람에 케이블카가 흔들린다. 어둠 속에서 웃는 회원들의 모습이 예쁘다. 바닷길을 안내하는 등대는 붉은 빛을 뿜으며 외롭게 떠 있다. 정상에 다다라 둘러보는 야경에 가슴이 벅차다.

내려갈 시간이다. 케이블카 한 량에는 여섯 명씩 탄다. 마지막으로 일곱 명이 남았다. 안내원이 한꺼번에 타라고 성화를 부린다. 우리가 타려는 케이블카 뒤에는 빈 케이블카가 수두룩하다. 굳이 복잡하게 탈 이유가 없다는 생각에 네 사람이 먼저 가고, 세 사람은 뒷걸음친다. 안내원이 일행 중에 날씬한 회원을 보며 한마디 한다.

“바람이 심하게 불면 케이블카가 미친 듯이 흔들립니다.”

겁을 준다. 케이블카가 미친다는 소리는 일찍이 들어보지 못했다. 그는 옆에 몸 큰 사람을 자세히 못 본 모양이다. 눈이 딱 마주쳤다. 나를 슬쩍 훑어본 안내원은 두말이 필요치 않았던 모양이다.

“어서 타십시오.”

막았던 길을 선뜻 열어준다. 바람이 불어도 우리가 탄 케이블카는 미치지 않았다.

거리에 나서니 화려한 네온사인이 여수 밤거리의 매력에 빠지게 한다. 온몸에 형형색색의 불빛으로 치장한 여객선이 밤바다를 수놓는다. 창가에 기대어 ‘여수 밤바다’를 흥얼거린다.

“여수 밤바다
이 조명에 담긴
아름다운 얘기가 있어
네게 들려주고파

이 바다를 너와 함께 걷고 싶어

이 거리를 너와 함께 걷고 싶다”

숙소로 돌아와 싱싱한 횟감을 안주로 다 함께 건배를 한다. 일행들의 구성진 노래 소리가 담장을 넘는다. 나뭇가지 사이로 바닷바람이 내려앉는다.

짚와이어 체험

친구들과 떠나는 여행은 언제나 상쾌하다. 단풍이 흩날리는 만추에 보현산 별빛 전망대가 시야에 들어온다. 우리들은 짚와이어 체험을 해 보기로 마음을 모으고, 모노레일을 탄다.

친구와 동시에 쌍줄 와이어에 도전한다. 그녀는 벌써 긴장감에 다리를 떤다. 안내원의 구령과 함께 와이어가 미끄러지듯 댐 위를 가로지른다. 갈색빛 산야는 가슴을 태우고, 내려다보이는 금빛 물결이 황홀하다. 줄에 매달린 친구가 내 이름을 부른다. 나도 손을 흔들며 '야호'를 외친다. 가슴 떨리는 스릴을 느껴본 지가 언제였던가. 태국 산호섬의 낙하산 투어가 바람처럼 스쳐간다.

타파야 해변에서 보트를 타고 산호섬에 다다랐다. 각국의 관광객들이 몰려와 북새통을 이루고 있었다. 모래성을 쌓는 사람보다 해양스포츠를 즐기는 사람들이 많았다. 제트스키는 기본이고, 패러세일링에 도전하는 사람들도 적지 않았다. 산호가 많아 산호섬인 줄 알았는데 산호는 보이지 않았다. 에메랄드빛 바다 위에서 낙하산을 타며 즐기는 짜릿한 질주는 오감을 자극했다. 낙하산을 맨 스피드보트는 바닷길을 누비며 나를 심심찮게 물속에 빠트리곤 했다. 혹시나 사고라도 날까봐 두려움이 온몸을 엄습했다. 산호섬 하늘가에 갈매기가 무색할 만큼 많은 사람들이 새처럼 날아다녔다. 땅에서만 질서가 있는 게 아니었다. 보트 운행자는 고도의 기술로 관광객들의 낙하산이 부딪쳐 엉키지 않게 했다. 창공에서 내려다보는 산호섬의 풍광이 지금도 잊히지 않는다.

짚와이어가 도착지를 향해 서행을 한다. 먼저 도착한 일행이 여유롭게 웃고 있다. 무섭다고 하면서도 함께 도전해준 친구가 고맙다. 산자락에 스멀스멀 땅거미가 찾아든다. 스산한 갈바람이 불어도 그들과 함께라면 외롭지 않다. 함께 부르는 노래가 보현산 자락에 울려 퍼진다.

독도 사랑

어둠을 헤치고 달려온 썬라이즈호는 밤이 깊어서야 울릉도에 도착했다. 여성대학 동문들이 독도사랑 행사에 참석하기 위하여 한국일보사와 동행을 한 것이다. 긴 시간 뱃길에 피곤했는지 숙소에 도착하기 바쁘게 단잠에 빠져든다.

첫새벽에 기상 벨이 울린다. 독도에 가기 위해 숙소마다 몸단장으로 분주하다. 울릉도에서 독도까지는 왕복 네 시간이 걸린다. 새벽의 해변은 운무로 덮여있다. 숲속에 있는 짙은 안개 속의 가로등은 마치 일출을 보는 듯하다. 여객선 선착장에서 독도로 향하는 뱃길에 오른다. 운무가 걷히고 햇살이 뱃머리에 걸터앉는다. 잔잔한 물결을 바라보며 모두들 무사히 입도하기를 기대하는 눈치다. 나 역시 몇 번을 왔어도 독도는 밟지 못했다. 입도 확정이 선내 방송을 통해 전해진다. 사람들은 기쁨을 감추지 못하고 환호를 한다. 아침 해가 만들어 내는 금빛 물결 위로 갈매기들이 자유롭다. 객실 창 너머로 희미하게 신비의 섬이 윤곽을 드러낸다. 가슴이 뛴다.

독도에 다다르니 수많은 괭이갈매기들이 환영의 인사를 한다. 독도는 아담하고 수줍은 섬, 색시 같다. 독도에서 우리가 지정 받은 시간은 고작 30분이다. 그 시간 안에 모든 행사를 마치고 배를 타야만 한다. 정상에 오를 수 있는 인원도 90명으로 한정이 되어 있다. 독도사랑 단체복을 입고 태극기를 손에 쥔다. 기자단들은 짧은 시간에 행사 촬영을 준비하기 위해 일사불란하게 움직인다. 우리 옷 한복 패션쇼에는 미스코리아들이 대거 출동했다.

레드카펫이 입구에 깔리고 음향 기기들의 테스트가 끝나자 궁중의 혼례복으로 알려진 황원삼과 고유의 한복을 입은 미스코리아들의 아름다운 패션쇼가 시작된다. 태극기를 손에 든 댄스 팀들도 음악에 맞추어 대한민국을 외친다. 섬에 머문 짧은 시간은 아쉬움을 남긴다. 여객선은 뱃고동을 울리며 빨리 가자고 난리다. 뱃길이 순탄할 때에는 또 다른 여행객이 도착하기에 시간은 철저하게 지켜야 한다.

크게 화려하지도 웅장하지도 않은 독도가 뱃길에서 멀어져 간다. 쉽게 민얼굴을 내어주지 않는다는 독도. 오래 머물지 못하기에 늘 아련한 건 아닐까.

울릉도로 돌아온 우리는 이곳저곳 관광을 즐기고 숙소로 돌아왔다. 대강당에서 열린 한국일보사 사장의 '독도 바르게 알기' 특강이 호응도가 높다. 강의가 끝나자 우레와 같은 박수가 쏟아진다. 미스코리아들의 댄스는 엉덩이를 들썩이게 하고, 우즈베키스탄의 가수가 열창하는 '아름다운 강산'을 함께 부르니 대강당이 순식간에 흥분의 도가니가 된다.

숙소로 돌아오는 길, 섬마을의 밤공기가 매우 차다. 바람소리를 반주삼아 '독도는 우리 땅'을 흥얼거린다. 앞서가는 일행들도 합창을 한다.

> '지증왕 십삼 년 섬나라 우산국
> 세종실록지리지 오십 페이지 셋째 줄
> 독도는 우리 땅'

하루가 시계 바늘처럼 바쁘게 지나갔다. 숙소로 돌아오니 일찍 온 회원들은 한밤중이다. 내일이 개천절이다. 하늘이 열렸다는 개천, 단군왕검이 고조선을 세운 것을 기념하고, 일본의 압박을 받고 있는 한민족의 민족정신을 기리는 데에도 큰 기여를 했다고 한다.

일본이 자기네 땅이라고 우기는 독도, 개가 풀 뜯어먹는 소리다. 국력은 힘이라고 했다. 독도사랑 마크가 새겨진 티셔츠를 세계로 펼쳐 보이며 홍보하는 것도 좋지 않을까.

늦은 밤이지만 좀처럼 잠이 오지 않는다. 빨리 잠들고 싶다. 꿈속에서라도 일본인들처럼 대마도는 우리 땅이라고, 고래고래 소리를 질러야겠다.

파도소리 들리는 울릉도의 마지막 밤이 깊어만 간다.

용궁 속으로

대마도 '와타즈미' 신사에 도착했다. 일본 천왕의 직계 신을 모신 신사로 알려진 곳이다. 한국의 홍문과 비슷한 의미를 가진 도리이(문) 인근에는 더위에도 불구하고 관광객들로 북새통을 이룬다. 가이드가 이마에 땀을 훔치며 신사의 전설을 얘기한다.

하늘의 형제 신들이 낚시를 하다가 그만 낚시 바늘을 떨어뜨려 형제 중 동생이 그것을 찾기 위해 바다로 내려온다. 그는 바닷속 용왕의 딸을 보는 순간 한눈에 반해 결혼을 하고, 용왕의 딸은 임신을 한다. 바닷속에서 아기를 낳을 수 없어 출산을 위해 마련한 장소가 바로 와타즈미 신사라고 한다. 공주는 아기를 낳는 동안 남편에게 절대 안을 보지 말라고 당부를 한다. 아무리 기다려도 공주가 밖으로 나오지 않자 그는 호기심에 안을 들여다본다. 그런데 이게 무슨 조화인가. 공주는 간데없고 구렁이가 아기를 낳고 있다.

첫 번째 도리이를 지나간다. 하늘 '천' 자를 새긴 문 다섯 개가 바닷길을 안내하고 있어 신비롭다. 바다 신사 중에서도 가장 유서가 깊은 이곳은 본전 정면의 5개 문 중 2개는 바닷속에 잠겨있어 밀물과 썰물에 따라 그 풍경이 다양하다. 일본의 모든 신사는 도리이가 남쪽 또는 북쪽으로 향하는데 '와타즈미' 신사는 서북쪽인 우리나라(김해 김수로 왕능.또는 경주)로 향해 있어 '한반도 도래설' 의 흔적을 엿볼 수 있다.

밀물이 들어온다. 그 모습이 잔잔한 아소만과 어우러져 아름다운 풍광이 된다. 한참을 보노라니 신화의 세계로 들어온 듯 정신이 몽롱하다. 바닷길로 들어가면 용궁을 만날 것만 같다.

신사는 그들에게 어떤 의미일까. 일본문화를 느끼는 포인트로 절과 신사가 있다면, 절은 불교, 신사는 신도를 의미한다. 외관상 차이로는 스님과 불상이 있는 곳이 절이고, 도리이가 있는 곳이 신사라고 한다. 신교는 일본 기원의 종교로 그들은 헤아릴 수 없을 만큼 많은 신들을 모신다. 산, 들, 숲, 신목과 같은 자연이나 특정인물도 신으로 모신다.

마을마다 그곳과 깊은 인연이 있는 신사가 있으며, 존경하는 인물을 정중히 모시고, 온 마을 사람들이 몸과 마음을 의지하기도 한다. 이 세상 모든 것에는 신이 깃들어 있다고 믿으며 불교도 신도도 뿌리가 꽤 깊다. 큰 규모의 신사를 '신궁' 이나 '대사' 로 부르기도 하는데 그중에서도 '이세신궁' 과 '이즈모대사' 가 유명하다.

더위를 식힐 겸 주위의 삼나무 숲을 찾았다. 쭉 뻗은 편백나무가 늘씬한 몸매를 자랑한다. 특별한 수입이 없는 이곳은 거목의 편백과 삼나무 벌목으로 큰돈을 벌어들인다고 한다. 그루 당 2~3백만 원은 거뜬히 받는다고 하니 산천의 수많은 나무들이 대마도의 효자임이 분명하다.

버스 창가를 스치는 거목의 위세가 당당하다. 매미소리도 더위에 지친 듯 길게 늘어지고, 버스는 미우다 해수욕장에서 멈춘다. 섬 속의 바위섬 하나, 신발을 벗고 바닷속으로 들어간다. 입자가 보드라운 모래가 맨발에 감겨온다. 물결이 잔잔하여 바위섬에 오른다. 돌 틈새에서도 소나무는 자라고 나리꽃은 가슴을 뛰게 한다. 틈새의 철학을 생각해 본다. 척박한 환경에서도 소나무는 늘 푸르고 들풀마저 꽃을 피운다.

갈매기 떼가 날아든다. 멀리 옥빛 바다가 눈부시게 황홀하다. 아들이 해변에서 목청 높여 나를 부른다. 벌써 돌아갈 시간이다.

바나산에서

다낭의 대표적인 테마파크이자 휴양지로 유명한 바나산 바나힐에 도착했다.

바나힐은 해발 약 1487m 위에 생긴 테마파크이다. 베트남의 암흑기였던 프랑스 식민 통치기간에 아이러니하게도 프랑스의 고성을 모티브로 만들어졌다. 다낭에서 한 시간 정도 떨어진 바나힐 국립공원은 프랑스 식민지 시절에 프랑스인들의 별장과 군사 시설이 있던 곳으로 1955년 프랑스가 물러가고, 베트남 사람들에 의해 다시 지어졌다. 35도가 넘는 무더운 날씨에 바나산 정상은 20도에서 오르락내리락하였으니 최상의 휴양지였을 것이다. 베트남 노역민들은 20km의 험한 산길을 오가며 식량과 와인을 어깨에 지고 날랐다고 한다.

바나힐의 풍광은 유럽과 비슷한 느낌이다. 시원한 분수대가 일행들을 반긴다. 우뚝 솟은 성당으로 발길을 옮긴다. 내부는 그야말로 예술품을 감상하는 듯했는데, 화려하면서도 기품을 잃지 않고 섬세하게 지었다. 직원들의 복장도 프랑스 유니폼을 입고 있는 사람이 더러 보인다. 바나힐은 베트남 상류층의 손꼽히는 휴양지로 레스토랑과 호텔이 실제로 영업을 하고 있다. 실내 놀이공원 등은 최근에 지었고, 지금 공사를 진행 중인 곳도 있다. 신나는 군악대 공연에 관광객들이 몸을 흔든다.

멀리 불상이 눈길을 잡는다. 다낭에만 세 군데(손짜반도, 오행산, 바나산)나 있다. 영응은 부처님의 영묘한 감응을 나타내는 말로 월남전 때, 억울하게 숨진 수많은 민간학살자들과 보트피플(해로를 통하여 조국을 떠나는 난민)의 고혼들이 극락승천을 바라는 마음에서 영응사라는 이름을 붙였다고 한다.

퍼포먼스 공연에 여행객들이 흥분의 도가니가 된다. 변화무쌍한 날씨는 순식간에 소나기를 퍼붓더니, 운무가 바나산을 휘감는다. 세찬 바람이 소나기를 몰아내더니 부챗살처럼 햇빛이 비친다. 바나힐 하늘가에 두둥실 무지개가 걸린다.

오를 때는 감탄하기에만 바빴던 바나산의 풍광이 내려갈 때는 또 다른 의미로 다가온다.

프랑스는 베트남을 정복하고, 그들의 발품을 팔아 이곳에 휴양지를 만들어 더위를 식혔다. 수많은 베트남 노역민들은 그들의 아방궁을 만들면서 무슨 생각을 했을까. 100여 년이나 흐른 지금도 고산에 건물을 짓기란 쉽지 않을 것이다. 장비도 환경도 열악했던 시대에, 그들이 겪었을 고충은 생각만 해도 아찔하다. 짐꾼들은 바나산 깊은 협곡을 오르내리다가 산짐승의 밥이 되었고, 고된 노동에 목숨을 잃은 사람들의 시체가 작은 산을 이루었다고 한다. 극한지대에 인간이 만들어낸 명작들은 많은 노역민들의 희생이 있었기에 가능했다. 중국의 걸작 만리장성도 고된 노동에 시달리다가 죽은 시신들을 장성 밑에 묻어가며 쌓은 성이라 하지 않았던가. 모든 생명을 존중한다는 바나힐의 성당 안에서 승자의 고해성사가 무엇이었는지 사뭇 궁금하다.

다시 소나기가 지나가고 케이블카는 바람을 타고 요동친다. 케이블카 창 너머로 '똑띠엔' 폭포가 장관이다. 하얗게 포말을 뿌리며 바위 골짜기에서 곤두박질치는 모습이 비 내리는 바나산을 더 을씨년스럽게 한다.

내려온 주차장 입구에는 햇살이 가득하다. 바나산의 끝없이 펼쳐진 열대림이 벌써 그립다. 그 정상에서 본 아름다운 무지개는 기억 속에서 지워지지 않을 것이다.

블라디보스토크

'동방을 지배하다' 라는 의미를 갖는 '블라디보스토크'는 동해 연안의 최대 항구도시 겸 군항이다. 시베리아 철도의 시발점이자 끝이기도 하다. 1856년에 러시아인이 발견했으며, 이후 항구와 도시 건설이 급속도로 발전했다. 군항도 니콜라예프스크에서 옮겨왔으며 1903년에 시베리아 철도가 완전히 계통됨으로써 모스크바와도 이어지게 되었다. 인구 70만을 육박하는 이곳은 오늘날 극동지방의 중심지로 많은 관광객들이 몰려드는 곳이다.

기내식으로 간단한 샌드위치를 먹는다. 창 너머 뭉게구름이 솜이불을 깔아 놓은 듯 황홀하다. 블라디보스토크 국

제공항에 도착하자 찬바람이 옷깃을 스친다. 여름인 한국과는 달리 이곳은 이른 봄이다. 새벽에는 바람이 거세어 파카를 입어야 할 만큼 기온이 내려간다.

이른 아침, 호텔을 나오니 짙은 해무가 자욱하다. 만개한 라일락꽃이 추위에 떨고 있다. 숙소를 벗어난 버스는 고려인 문화센터에 다다랐다. 고려인 이주를 기념하기 위하여 2008년에 건축된 소박하고 실속 있게 꾸며진 박물관은 이주민의 역사와 당시의 상황을 알 수 있도록 고려인이 만들었다. 돌아보는 내내 우리 민족의 아픈 과거가 마음을 짠하게 한다.

독립운동가 최재형 선생의 생가도 가까이에 있다. 항일운동가로 활동했으며, 일본헌병대에 의해 학살되기전까지 살았던 곳이다. 선생은 연해주 지역의 명사로 사업을 통해 막대한 재산을 모았다. 한인을 위한 도로와 학교 건설은 물론이고 독립군의 자금을 지원해 주기도 했다. 러시아 한인사회에서 영향력을 발휘한 사람이 살았다고 하기에는 너무 초라한 저택이다.

점심 메뉴는 러시아식 전통 바비큐다. 식사를 마친 일행들은 버스에서 연신 하품을 한다. 얼마나 달렸을까. 기대했던 시베리아 횡단열차 기차역이다. 건축물이 인상적이다.

러시아 혁명 전에 지어진 건물로 아름답기로 유명하다. 1912년에 세워졌으며 여러 번 복원을 했다. 기차역으로는 이례적일 만큼 신경을 쓴 흔적이 역력하다. 현재에도 모스크바, 북경, 몽골 등 횡단열차가 지나는 주요 정차 지역의 티켓을 구입할 수 있다.

증기기관차 앞에서 사진을 찍는다. 기차가 플랫폼으로 들어온다. 80년대 우리나라의 완행열차와 많이 닮았다. 열차에서 스카프를 파는 여인이 물건을 펼쳐 보인다. 뒷좌석에는 인형처럼 예쁜 러시아 소녀가 앉아있다. 손을 흔들었더니 방긋이 웃는다. 아가씨들도 하나같이 미모가 빼어나다. 황갈색의 눈동자를 보노라면 그 매력에 흠뻑 빠져든다. 차창가의 풍광을 즐기는 사이 열차는 다시 시발점으로 돌아온다. 엄마 손을 잡은 소녀가 자꾸만 나를 쳐다본다.

사방을 둘러보아도 고산은 보이지 않는다. 500m 정도가 제일 높은 산이며, 고목도 흔하지 않다. 혹한에 초목들이 제대로 자라지 못하는 것일까. 한겨울에 원주민들은 독한 보드카를 마시며 추위를 극복한다는 말을 들으니 사계가 있는 우리나라가 자랑스럽다.

블라디보스토크의 중심이 되는 중앙광장을 찾았다. 혁명에 대한 염원을 담은 곳이나 레닌이나 고르바초프 같은 특정 인물을 일컫는 것은 아니다. 러시아 극동지역에서 구소련을 위해 힘썼던 병사들을 위한 위령 기념물이 있다.

니콜라이 2세 기념 개선문이 눈길을 끈다. 개선문은 전쟁터에서 승리한 황제나 장군들을 환영하기 위해 세우는 문이지만, 블라디보스토크와 더불어 러시아의 여러 도시에 있는 개선문은 전쟁의 승패 여부와는 무관하다. 이곳은 황제 니콜라이 2세의 방문을 기념으로 세워졌다. 개선문 뒷면의 호랑이 조각상이 기세도 당당하다. 조각상 앞에서 '어훙' 하면서 호랑이 흉내를 내어본다.

러시아는 예술의 강국이라고도 한다. 러시아의 소설가, 알렉산드르 솔제니친 동상과 마주했다. 극작가 및 역사가이기도 한 솔제니친은 제2차 세계대전에서 소련군 포병 장교로 근무하던 중 스탈린의 분별력을 의심하는 편지를 친구에게 보냈다가 투옥되었다. 그는 물질주의와 구소련체제를 비판하며 전통적인 애국주의로의 회귀를 촉구했다. 대표작 '수용소 군도'를 비롯해 주옥같은 작품들이 있다. 1970년에는 노벨문학상의 영광을 안기도 했다.

멋스럽고 잘생긴 솔제니친 동상 곁에 섰다. 대가의 손을 잡고 그의 얼굴을 올려다본다. 나는 언제쯤이면 촌철살인의 글을 쓸 수 있을까. 솔제니친 동상 뒤로 햇살이 달아난다.

투본 강의 뱃사공

몇 해 전, 친구들과 호이안 투본강 줄기의 바구니배(코코넛배)를 타러갔다. 바구니배는 베트남 전통배로 대나무와 나무를 사용하여 만든다. 사공은 눈매가 선한 청년으로 피부가 유난히 검었다. 허구헌 날 땡볕에서 노를 저어야 했으니 흰 피부인들 온전했을까. 강나루에는 통째로 코코넛을 마시며 배를 타려는 여행객들로 북새통을 이루었다.

강물은 그들의 모습처럼 맑지 않았다. 우리는 사공이 노 젓는 대로 흔들흔들 춤을 추었다. 수초가 우거진 곳에서 다른 사공이 마술 쇼를 펼쳤다. 그의 현란한 묘기는 여행객들의 혼을 빼기에 충분했다. 그곳은 사막의 오아시스처럼 노

젓기에 지친 사공들이 잠시 쉬어가는 쉼터가 되었다. 그들이 부르는 휘파람소리는 해녀들이 몰아쉬는 숨비소리처럼 애잔했다.

청년은 잠시 노 젓기를 멈추고 댓잎으로 방아깨비를 만들기 시작했다. 대나무는 어느 것 하나 버릴 것 없는 자원이었다. 정성스럽게 만든 방아깨비가 내 무릎 위에 앉았다. 금방이라도 숲으로 날아갈 듯 생동감이 넘쳤다. 삶이 지치고 힘들 때면 그들은 가족을 생각한다고 했다. 이방인들이 방아깨비를 받고 좋아하는 모습을 보면 하루의 피로가 싹 가신다던 청년이 대견스러웠다.

투본강에서 어슴푸레 고향의 유년시절이 달려왔다. 친구들과 책보를 등에 업고 풀섶을 헤치며 방아깨비를 잡던 푸른 날의 기억이 머릿속에 희미했다. 두 다리를 나란히 모아 쥐면 끄덕끄덕 방아를 잘도 찧던 방아깨비, 사공이 내게 준 방아깨비는 아련하게 멀어진 나의 유년을 돌아보게 했다. 투본강은 그들이 생존하는 삶의 터전이었다.

방아를 찧던 방아깨비가 지친듯 움직이지 않는다. 내 손에서 멀어지니 풀섶에서 자유롭다. 모든 생물은 제자리에 있을 때 가장 행복하고 빛이 난다. 하얀 치아를 드러내고 해맑게 웃던 투본강의 뱃사공이 기억 속에서 가물거린다.

삿포로의 밤거리

아들과 북해도 자유여행을 떠났다. 눈발이 심상찮아 털모자를 쓰고 밖으로 나온다. 호텔 셔틀버스가 대기하고 있다. 아들은 챙겨 온 와이파이 기기를 아이폰에 연결하여 삿포로 시내 거리를 검색한다. 버스는 지정된 장소에 우리를 내려놓고 달아난다. 가이드도 없는 낯선 길이 막막했지만 한편으로는 신선하다. 온통 눈 천지다. 차량이 많이 다니는 길에만 아스팔트의 민얼굴이 보인다. 쌓인 눈이 불빛을 받아 무덤의 봉분을 보는 듯하다. 영하의 날씨에도 밤거리는 젊은이들의 열기로 후끈 달아오른다. 털모자를 쓴 우리의 모습이 쇼윈도에 비친다. 그 모습이 생경스러워 자꾸만 웃음이 난다.

일본은 애니메이션의 천국이다. 만화 포스터가 붙은 상가에서 발길을 멈춘다. 매장에는 앙증맞은 캐릭터들이 동화의 나라로 안내한다. 눈동자가 푸른 금발의 아가씨가 요염한 자태로 데려가 달라고 아들을 유혹한다. 이것저것 만지작거리는 아들의 얼굴에 홍조가 띤다. 아니나 다를까. 귀여운 미녀 삼총사가 장바구니 속에 누웠다.

계산을 마치고 밖으로 나오니 눈이 그쳤다. 한적한 대로에 들어선다. 예술의 거리다. 언 손을 불며 기타를 치는 사람, 광란한 음악에 맞추어 문어발처럼 몸을 흔드는 사람도 있다. 우리도 따라 다리의 뭉친 근육을 푼다. 한곳에 오래 머물지 못하니 아쉬움이 남는다.

오도리 공원과 시계탑의 야경이 궁금하다. 검색을 마친 아들이 조금 서둘러 줄 것을 부탁한다. 발바닥이 화끈거릴 즈음, 아들이 화장실에 다녀온다고 한다. 훤칠하고 잘생긴 청년이 저글링을 하고 있다. 던지는 볼이 하나에서 점차적으로 다섯 개가 되고, 급기야는 아홉 개가 된다. 살면서 인연 또한 저글링 볼처럼 하나도 놓치지 않고 살았으면 좋겠다. 묘기에 취해 있는데 아들이 언제 왔는지 옷소매를 당긴다. 다시 눈송이가 굵어진다.

오도리 공원에 도착했다. 축제기간이 끝나서인지 조용하다. 공원은 삿포로시의 중심에 위치하면서 수많은 오브제와 분수, 봄에는 라일락과 아카시아 나무가 아름다운 화단이 설치되어 있다. 길이 1400m가 넘는 공원은 여름에는 비어가든(맥주광장)이 개설되며, 겨울에는 삿포로 최대의 눈축제가 열린다. 웅장한 눈조각과 아름답고 기묘한 얼음조각이 넓은 공원을 별세계로 장식하여 관광객들을 꿈의 세계로 인도해 준다. 시내에는 1세기 이상의 역사를 가지고 있는 시계탑과 일몰 후 아름답게 라이트업 되는 아카렌가라는 애칭을 가진 붉은 벽돌이 돋보이는 네오바로크 양식의 구 홋카이도 청사가 인상적이다.

아무도 밟지 않은 설원에 아들과 나란히 발자국을 찍는다. 쏟아지는 눈송이는 이내 발자국을 덮는다. 털모자에 눈송이가 소복하다. 살아 움직이는 눈사람이다. 시계탑에 다다랐다. 시계를 보니 셔틀버스가 기다리는 장소로 돌아갈 시간이다. 아들은 돌아가는 데 걸리는 시간을 검색한다. 시간이 임박하여 택시를 타야 할 상황이다. 운전사가 친절하다. 아들이 요금을 지불하고 고맙다고 인사를 한다.

"아리가또 고자이마스."

버스가 두 눈을 깜빡이며 대기하고 있다. 차창가로 눈발이 몰아친다. 너무 많이 걸었던가. 다리가 욱신거린다. 낯선 삿포로 눈길을 헤매었으니 온몸이 쉬어달라고 반란을 한다. 무릎을 손바닥으로 자꾸만 문지른다. 옆에서 지켜본 아들이 슬그머니 무언가를 내민다. 파스다. 예술의 거리에서 화장실 간다고 상가로 뛰어가더니 파스도 구입했던 모양이다. 아들을 바라보는 나의 눈가에 사랑이 가득하다. 내일은 도야호수에 가는 날이다.

눈보라가 몰아친들 무슨 걱정이랴. 든든한 아들이 곁에 있는데.

북해도의 갈매기

홋카이도 치토세 공항에 도착하니 온 천지가 눈밭이다. 일행들이 함성을 지른다.

도야호수를 찾았다. 중세의 성 모양을 본 뜬 유람선이 관광객을 맞이한다. 도야호수는 호수라 믿기지 않을 만큼 광활하다. 바다에 온 듯하다. 현재도 분화활동이 진행되고 있으며 호수의 둘레는 43km나 된다. 근처의 온천장과 호텔은 관광객들이 명소로 꼽을 만큼 경관도 수려하다. 멀리서 바라보는 호수 위의 유람선은 주위의 설경과 어우러져 아름다운 풍광이 된다.

선실 창가에 아들과 나란히 자리를 잡는다. 갈매기들이

날아든다. 관광객들이 던져주는 먹이 탓일까. 윤기가 나고 몸집도 크다. 아들이 새우깡을 던져주니 눈 깜짝할 사이에 낚아챈다. 무리를 지은 갈매기 속에 까마귀도 간혹 눈에 띈다. 서로 자리다툼을 하는 건지 까마귀는 갈매기를 잡으러 가고, 갈매기는 혼비백산하고 달아난다. 영역 확보를 위해 쫓고 쫓기는 생존 쟁탈전은 인간사를 닮았다. 과자봉지가 바닥이 났다. 창문을 닫으니 갈매기는 고개를 갸우뚱거리더니 어디론가 날아간다. 먹이가 떨어졌음을 안 모양이다.

여객선은 물살을 가르며 호수를 질주한다. 뱃머리에 부서지는 물보라가 포말이 된다. 눈 덮인 산야가 호수에 반영되어 멋진 풍경을 자아낸다. 선상 위의 아들이 카메라 렌즈 속에서 행복하다.

호수를 달리던 여객선이 선착장으로 돌아온다. 따라오던 갈매기들도 하나둘 어디론가 흩어진다. 힘들게 먹이를 찾아 헤매지 않아도 되는 북해도 갈매기! 그 날갯짓이 왠지 무겁다. 야생의 눈빛이 보이지 않는다. 관광객이 쏟아 낸 과자에 길들여져 스스로 먹이 찾는 법을 잊어버린 걸까. 피둥피둥 살찐 모습이 내 모습을 보는 듯하다.

버스에 올라 시린 손을 호호 부는 나에게 아들이 묻는다.

"도야호수 좋았어요?"

"갈매기가 살이 너무 쪘더라."

원래 남의 눈에 티는 잘 보이는 법이다. 아들은 웃음을 토해낸다.

"갈매기가 잘생긴 게 꼭 어머니를 닮았던데요."

창밖의 설경이 설국열차를 탄 듯 황홀하다.

상해 주가각에서

좋은 사람들과의 만남은 삶을 더욱 풍요롭게 한다. 그 인연으로 함께 여행할 수 있다면 더 바랄 게 무엇이랴.

문학인들과 중국 상해로 자유 여행을 떠났다. 수속을 마치고 버스에 오르니 현지인이 준비한 맥주와 갖가지 안주가 차내에 푸짐하다. 술이란 잘 마시면 묘약이다. 목마름에 들이킨 칭따오 맥주가 갈증을 없애준다. 중국의 베니스라 불리는 '주가각' 이 보고 싶다.

주가각(주자자오)은 18세기 운하도시로 상해의 가장 오래된 수향마을이다. 수십 개의 다리가 주가각을 형성하고, 다리는 물을 잇는 길이 된다. 그중에서도 랜드마크인 '방생교' 는 '팡성차오' 로 불린다.

선착장으로 가 인력으로 움직이는 쪽배에 올라탄다. 양옆으로 늘어선 수향마을이 아름다워 노랫가락이 절로 나온다. 사공도 흥이 나는지 힘차게 노를 젓는다. 가옥마다 매달린 홍등이 매력적이다. 일행이 배낭에서 꺼내 건네주는 위스키 한 잔에 얼굴이 달아오른다. 먼저 마신 칭따오가 강도 높은 위스키를 편안하게 받아줄 리 만무하다. 술도 자기네끼리 융화의 시간이 필요하리라.

일행들은 합창을 하며 쌓였던 스트레스를 맘껏 풀어본다. 방생교 앞에 다다르자 다른 여행객들이 힘차게 손을 흔든다. 우리들은 우정의 돛을 달고, 그림 같은 풍광에 취하며 방생교를 지나간다. 방생이란 무참히 죽어가는 생명을 살려 주는 것만은 아닐 것이다. 인간관계에서도 방생은 필요하다. 고통을 겪는 이웃에게 따뜻한 위로의 말과 희망을 전하는 것, 풀 한 포기, 하찮은 미물이라도 따뜻한 마음으로 볼 수 있다면 이 또한 방생이리라. 세상에 존재하는 모든 생물 중에 하찮은 게 하나도 없지 않은가.

사공이 노를 접는다. 마을로 올라서니 카페거리다. 풍광이 아름다운 카페에서 즐기는 한 잔의 차는 여행의 덤이다. 주 씨 성을 가진 사람들이 사는 마을이라 하여 이름이 붙여졌다는 주가각, 그들은 오늘도 운하를 보듬고 묵묵히 자신의 삶을 살고 있다. 가족을 위하여 음식을 튀기고, 사랑하는 사람을 생각하며 장신구를 만든다. 삶이 고달프면 더러는 말다툼도 하지만, 옥신각신 사는 모습이 우리와 별반 다르지 않다.

여행은 고단한 삶의 휴식이다. 운하를 넘나드는 쪽배에서 다 함께 부르던 우리들의 노래를 잊지 못하리라. 칭따오 한 잔에 가슴 뛰던 그 순간을 추억하리라.

시클로를 타고

베트남 공항을 벗어나니 더운 열기가 온몸으로 달려든다. 베트남은 6월이 가장 덥다고 한다. 3박 5일의 일정이 만만치 않겠다는 생각에 걱정과 설렘으로 버스에 오른다.

다낭이다. 호텔 창밖 멀리 용다리가 보인다. 도롯가에는 오토바이 부대가 부산하게 움직인다. 오토바이가 사람을 피해 가는 게 아니고, 사람이 오토바이를 피해야 할 만큼 오토바이 천국이다.

숙소를 나와 호이안으로 이동한다. 여러 관광지를 두루 거쳐 시클로를 타려고 버스에서 내린다. 시클로는 자전거의 앞바퀴가 있던 자리에 수레처럼 두 바퀴와 의자를 설치

하고 페달을 밟아 움직이는 삼륜 자전거다. 베트남 정부에서 발행하는 홍보물의 한 페이지 정도는 시클로가 차지할 정도로 그곳 사람들에게는 친숙한 운송수단이다.

수십 대의 시클로가 일행들을 맞이한다. 호이안은 확실히 다낭과는 다른 분위기로 다가온다. '논non'을 쓴 행상들이 길목을 기웃거린다. 무역의 중심이 호이안에서 다낭으로 옮겨가면서 졸지에 잊힌 마을이 되었다. 그 덕분에 20세기에 베트남에서 일어난 많은 전쟁의 파괴에서 벗어나 건축물들의 훼손이 적었다. 조용한 강변을 낀 고즈넉한 마을로 지금은 전형적인 관광마을이 되었다. 호텔, 식당, 바, 기념품 가게들이 즐비하여 오가는 관광객들의 눈길을 사로잡는다.

행상들이 들고 다니는 베트남의 전통모자 '논non'을 구입한다. 머리에 살짝 올리니 내가 입고 있는 복고풍 의상과도 잘 어울린다. 시클로에 오른다. 베트남 서민들의 삶이 묻어나는 소박한 마을을 한눈에 볼 수 있는 거리다. 우리나라 80년대 시골마을을 연상케 한다. 주거환경이 관광코스로는 미흡하고 지저분했지만, 인위적인 꾸밈이 없어 그들의 속살을 볼 수 있다.

좁은 골목길을 돌아서는데, 중년의 남자들이 웃옷을 벗어던지고 반바지 차림으로 우리들에게 손을 흔든다. 그 모습이 하나도 어색하지 않다. 까만 얼굴에 흰 치아가 반짝이고, 그을린 구릿빛 피부가 건강해 보인다.

여인네들은 평상에 앉아서 무엇인가 열심히 만들고 있다. 아마도 수공예품을 만들어 납품이라도 하는 모양이다. 갓길에는 먼지를 덮어쓴 들꽃이 반기고, 시클로는 또 다른 신작로에 접어든다. 갑자기 오토바이가 사방에서 쏟아진다. 남자가 속력을 낸다. 찌는 듯한 더위에 우리는 연신 부채질을 한다. 앉아 있어도 땀이 범벅인데 페달을 밟는 그들이야 말하면 무엇하랴. 일행들은 도착지에 다다르자 감사의 박수를 보낸다.

땀방울이 비 오듯이 흘러도 견딜 수 있음은 돌아갈 집이 있고, 시원하게 등물해 줄 가족이 있어서가 아닐까.

덜컹거리는 비포장도로를 달리며 돌아본 그들의 삶은 녹록지 않았다. 빛바랜 사진처럼 보리타작을 하던 할머니의 모습이 떠오른다. 물동이를 짊어진 아버지의 모습도 희미하다.

해 질 녘 어디선가 풀피리 소리가 귓가에 들려온다. 여행길에 가이드가 선물로 준 흙 피리를 꺼낸다. 답례라도 하듯 힘차게 불어본다. 피리 소리에 그들이 웃고 있다. 생계를 짊어진 고단함 속에서도 투정부리지 않는 묵묵함이, 티 없는 맑은 미소가 잊히지 않을 것이다.

예원에 가다

중국 정원을 대표하는 예원을 찾았다. '푸유루' 뒤편에 자리한 이곳은 16세기 중엽, 명나라의 고위 관료이자 당대 부자로 손꼽히던 '반윤단'이 부모의 노후를 위해 조성한 저택이다. 착공에서 완공까지 18년이란 적지 않은 세월이 걸렸다니 그 범위를 눈으로 보지 않아도 짐작이 간다.

예원에 들어서니 빗방울이 굵어진다. 평일인데도 관광객들로 인산인해를 이룬다. 일행들과 우의를 갖추어 입고 인파 속으로 파고든다. 즐비하게 늘어선 고풍스런 상가를 돌아보고 구곡교에 오른다. 직각으로 아홉 번 꺾어지게 만든 다리가 이색적이다. 구곡교는 앞으로는 가나 지그재그로는 못 가는, 귀신을 범접하지 못하게 하기 위해 정원 초입에 다리를 꺾어 만들었다는 재미있는 설화가 있다.

멀리 상해의 옛 성터를 자랑하는 '호심정' 정자가 아름답다. 수직으로 치솟은 뾰족한 지붕 끝에 눈길이 머문다. 각국의 관광객이 북적대는 예원은 사람 구경 또한 빼놓을 수 없다. 나라마다 여행객들의 모습도 다양하다. 어디를 가나 활력이 넘치고 대식가인 중국인이 있는가 하면, 느림의 미학을 즐기는 유럽인도 있다.

노부부가 연못가 벤치에서 한가롭다. 긴 세월 함께 살다 보면 여행을 와도 크게 할 얘기가 없는가 보다. 그들은 제각기 못의 비단잉어와 사랑에 빠졌다. 명소라고 이름난 곳은 빠지지 않고 사진을 찍는 아시아인들도 심심찮게 보인다. 하지만 어디서든 아이들의 천진난만한 모습은 똑같다. 천방지축 몰려다니며 자지러지게 웃는 아이들. 북적이는 여행객 속에 미아라도 될까봐 우려가 앞선다.

연꽃이 활짝 핀 못가에 멋진 정자가 쉬어가라고 손짓한다. 오랜 세월을 이겨낸 누각이 운치를 더한다. 빽빽이 들어선 거목들이 어우러져 숲을 이루고, 희귀하게 구멍 뚫린 각양각색의 돌들이 걸작이다. 그 옆에는 화려한 용벽이 웅장하다. 벽 위에 올라앉은 용은 금방이라도 활개를 치고 승천이라도 할 기세다. 황제를 상징한다는 용은 왕위찬탈의 오해를 부를 수 있어 발톱 수를 바꾸었다는 설이 있다. 형상은 용이지만 발톱 수가 달라 황제의 의심을 피해 갈 수 있었다. 용이 여의주를 물고 침을 흘리면, 두꺼비는 그 옆에 들러붙어 침을 먹으며 기생했다니 인간사와 크게 다르지 않다. 길 한쪽에 돌로 장식된 바닥이 심상찮다. 사람과 돈을 형상화했다. 당시 인간의 층위는 태어날 때부터 나뉘어져 있다고 믿었던 것 같다. 권력과 재력을 가진 주인의 오만함이 바닥에 역력하다.

공연장으로 활용했다는 저택으로 들어서니 넓은 마당이 잘 정돈되어 있다. 무대 한쪽에서 잠시 숨을 돌린다. 비가 그치자 뜰 안의 이름 모를 홍화가 빗방울을 머금었다. 그것은 잠시 머물다가 바람에 바닥으로 떨어져 이내 사라진다.

한 시대의 갑부도 흐르는 세월 앞에서 권력과 재력을 모두 내려놓았다. 그는 안타깝게도 부모를 예원에서 모시지 못했다. 18년이란 긴 세월 부모는 기다려 주지 않았고, 그 역시 정원에서 몇 년을 살지 못했다. 명소를 만드는 사람과 즐기는 사람이 따로 있으니 세상사 참 아이러니하다.

다시 가랑비가 흩뿌린다. 금강산도 식후경이라 했던가. 일행들이 식당가에 줄을 선다. 촉촉한 물만두가 먹고 싶다.